U0923937

中国旅游业创新和IP发展年度报告

（2019）

CHINA TOURISM INNOVATION AND
IP DEVELOPMENT ANNUAL REPORT
(2019)

中国旅游研究院
驴妈妈旅游网　编著

中国旅游出版社

《中国旅游业创新和IP发展年度报告（2019）》编委会

《中国旅游业创新和IP发展年度报告（2019）》编辑部

序　言

在中国文化和旅游融合发展的新时代，IP 正从一个概念成为产业增长的新动能。

早在文化和旅游融合的初期，我们有三个核心的判断：第一，美好生活成为新时期文旅融合的重点，也是我们的新目标。第二，旅游和文化融合发展需要大数据作为动能和突破口。第三，文化旅游融合发展必须有成千上万的市场主体。

我非常欣喜地看到，在过去几年中，特别是即将过去的 2019 年，IP 在整个产业发展中不仅成为理论上的热点问题，也在实践当中越来越成为产业发展动能的现实现象。我对在文旅融合发展新时代的 IP 打造，谈三个方面的问题。

第一，我们需要什么样的 IP？我们谈到 IP，往往会谈到迪士尼、熊本熊，我们会谈到很多海外的东西，但是大家要知道我们中国拥有五千年的古老文明，我希望企业家们、文化工作者们，能够用我们的努力，让更多年轻人，更多下一代人甚至海外人士了解我们传统的文化。不要认为只是在国家大剧院或金色大厅演出才叫文化，市场化的方式让更多人了解了我们的文化。在我心目中，文化是为国为民的，不是小众人在小圈子里自我叫好的。正是这么多人的努力，让我们的传统文化发扬光大。这个过程中我希望有更多的文化工作者、文艺工作者和企业联合起来，让更多承载传统文化基因的文化，真正地走到人民群众中。让博物馆的文化、书本的文化、大地上陈列的文化都能够活起来，让人民对我们的文化有更多的获得感和更高的满意度，我们的IP要继承和弘扬传统文化。

第二，我们要告诉年轻人，今天的幸福是怎么得来的。在海外有机会演讲的时候，我演讲之前会专门说一下，我希望翻译"中国梦"的时候，不仅仅翻译成China dream，它也是Chinese dream——中国人的梦想。中国的梦想是民族的复兴、国家的强大，但它也要有人民的幸福。比如，一个国家能让人民在图书馆安静地阅读。那如何实现呢？就需要我们文化中有这样的企业家，他们能够把承载传统文化基因的文化变成广大年轻人喜欢的IP。

第三，有人说上海没有什么文化资源，我想说上海是有的，我们小时候上海的大白兔奶糖就是。我小时候在安徽，上学的时候，老师拿了一个大白兔奶糖，我说怎么这么好吃，当时我最大的梦想是一定要去上海看看。上海东方明珠电视塔、广州小蛮腰、贵州天眼等一系列地标性建筑，以及田子坊、宽窄巷子等一批民俗旅游，我认为它们是生活品质的集聚区，已经成为我们的打卡地。希望有一天广大同人可以合作打造新的理念，它不仅停留在表面上，而应渗透到在我们的作品、产品中。中华五千年的记忆，新中国建设成就的当代文化，以及国家红色基因文化都可以用 IP 打造出来。这三个问题我也没有答案，提出来也是希望大家可以一同思考一下。

另外，我们怎么打造这些 IP 呢?

第一，希望党委和政府好好研究、理解贯彻落实这次党的四中全会讲的治理体系、治理能力提升中有关旅游和文化的表述。比如文化权益的问题，比如我们从 2013 年旅游法出台以后，讨论的旅游权利的问题。当老百姓吃饱了、喝足了，文化的东西不仅仅是成本，而是那个地方经济社会发展的动能，是一种投资，更重要的是它是人民群众的权益，既然是权益，我们党委和政府就要满足他们，帮助他们实现。

我们下乡演几场戏、办几个展览不是对人民群众的恩惠，是我们的责任，办到了，我们就对党和国家负责了，办不到我们就失职了。这方面我们希望把文化和旅游两方面融合，打造主客共享的美好生活新空间，不要把文化和旅游割裂开看，这是第一点，希望各级党委和政府有更高的政治站位，研究新时代文化建设和旅游发展问题。

第二，我希望有更多的企业家，探索适合中国人的休闲娱乐的项目和旅游产品。我们当然需要迪士尼，需要环球影城，但谁来满足老百姓日常的生活消费？不能一说休闲就奔着迪士尼去了。我经常说“90 后”“00 后”，他们的消费肯定是代表未来的，可是“40 后”“50 后”“60 后”的消费呢？他们的需求谁来满足？中国人的消费习惯和西方完全不一样，比如儿童乐园，还有欢乐谷，不要小瞧这些娱乐项目，也不要和迪士尼比，因为它们的存在只是要让老百姓享受一个欢乐的半天。所以我们开发新产品的时候，一定要紧紧瞄准一个方向，当代人民群众对文化的需求，这就是我们的市场。有人问旅游和文化有什么新的政策和风口，我说没有。不要说给一个牌子就怎样，人民群众最大的需求，14 亿人口的需求就是我们最大的增长点，这是我们最大的优势。所以我希望企业家能够瞄准老百姓的需求，培育新时代独立的自主产权 IP。

第三，我们的科技时代到了，2019 年 12 月 15 日，北京召开了新一届的旅游集团年会，主题是“科技助力旅游集团的发展”。新的科技，我们不能只是谈概念，我们要重点用实验室经济驱动我们的发展，只有当我们的科技从概念落到产品、项目上的时候，我们才能说新的时代到了，不能只是让大家看一个很炫的技术，要的是人民群众可触可感的东西。所以，我们要寻找的新手段，就是用科技驱动。但怎么把它运用到 IP 打造上，我也没有完全想明白。也希望大家思考如何发挥各级党委和政府的积极性，因为文化不是作为负担，而是作为我们治国理政发展的动能之一。希望企业家能从广大人民群众的需求出发，推动文化发展，做实验室经济，推动新产品的创新，更希望我们用好新科技。最后希望文化创新、新时代泱泱大国的文化打造，能够有更大力度的推进，我们不拒绝任何可以让人民共享的文化产品和文艺作品。

戴斌

2019 年 11 月 30 日

前　言

2019年，旅游市场需求持续升级，旅游业创新进入快速发展阶段。文旅融合、前沿科技、跨界资本、企业家精神等创新动能推进旅游业提质升级。为更好研判国内旅游创新形势，中国旅游研究院（文化和旅游部数据中心）与驴妈妈旅游网（景域集团）共同成立的景区和IP旅游大数据联合实验室（以下简称“联合实验室”）结合以往研究成果和当前文旅发展现状，构建旅游创新能力评价体系，进行区域旅游创新能力评价。同时，立足需求从游客角度对国内主要旅游城市创新成效进行打分，形成兼具供给侧和需求侧的旅游创新分析。在旅游创新高质量发展的有利环境下，旅游IP在文化内涵提升、品牌效应扩大和产业化运营方面取得显著成绩，预计未来旅游IP将在品牌化、产业化、规范化发展方向有所突破。

编者

2019年11月30日

目　录

第一章　消费升级持续发展，倒逼行业创新提速

第二章　创新动能稳健发力，促进旅游提质升级

第三章 区域创新逐步活跃，联动格局尚待形成

第四章 时尚科技领衔 IP 活化，新零售助力价值变现

第五章　IP长效运营有待深入，产权保护仍待加强

第一章

消费升级持续发展，倒逼行业创新提速

一、文旅融合激发旅游新需求

2019年上半年，我国文化和旅游消费活跃、更趋日常化，国内旅游稳步增长，出入境旅游平稳发展。2019年旅游经济运行指数（CTA–TEP）为116.44，处于“相对景气”运行区间，同比上升2.05个点。预计2019年我国国内旅游人数60.06亿人次，收入5.73万亿元，分别比上年增长8.4%和11.7%。入境旅游人数1.45亿人次，实现国际旅游收入1313亿美元，分别比上年增长2.9%和3.3%，入境过夜人数和外国人入境人数分别增长4.5%、4.4%。中国公民出境旅游人数达到1.55亿人次，比上年增长3.3%。全年实现旅游总收入6.63万亿元，同比增长11%。技术创新和业态创新活跃，避暑旅游、夜间旅游等分众市场加速成长。上半年，冰雪旅游、避暑旅游、夜间旅游、博物馆旅游、研学旅游等分众市场不断涌现，新团队游、定制游、微旅游、深度游、自驾游等个性化、体验性和品质化旅游消费需求稳步增加，旅游消费时空和内容均得以更好的延展。

（一）假日文化休闲成为新民俗

假日是我国国民出游的重要时间节点。2000—2019年国庆长假，全国接待游客人数年均增幅达到14.5%，旅游收入年均增幅达到19.2%；2002—2018年春节长假，上述两项指标年均增速分别达到13.3%和20.9%。假日旅游消费持续多年保持高位增长，且高于过去多年的年均增幅。假日期间，拖家带口开展自助游、自驾游和各种本地休闲等活动，已经带着一种仪式感成为中国家庭生活的一部分。居民休闲生活中文化参与度稳步提升。2019年国庆期间，各地博物馆、图书馆、美术馆、文化馆举办主题展览，延长闭馆时间，加大文化惠民力度，切实让广大群众获得更多的文化服务。调查显示，66.4%的游客假日期间参观了人文旅游景点，59.45%的游客参观了历史文化街区，41.26%的游客参观了博物馆。86.36%的游客参与了两项以上文化活动，其中，参与群众文化体验（广场舞、大合唱等）、文艺演出、文化熏陶和艺术创造体验（书画展、读书会等）的游客超过50%，游客获得感提升明显。银联商务数据显示，2019年国庆期间重点博物馆、大型主题乐园、古街与古镇为全国热门文化旅游景区品类，消费人次同比增长达22.9%。文化活动丰富了旅游市场，文化旅游消费增长强劲。

（二）红色旅游彰显时代魅力

在文化和旅游融合新时代，红色文化的时代传承备受关注。2017年，我国红色旅游人数实现了持续稳定增长。2018年上半年，全国红色旅游信息报送系统中18个红色旅游信息报送重点城市和填报数据的436家红色旅游经典景区共接待游客4.84亿人次，相当于国内旅游人数的17.13%；实现旅游收入2524.98亿元，相当于国内旅游收入的10.32%。随着红色旅游资源的全方位提升，在刚结束不久的2019年国庆黄金周期间，红色旅游俨然成为出游市场中的“时尚爆款”。中国旅游研究院的数据显示，国庆长假期间，78.84%的游客参与了各式国庆庆祝活动，接受爱国主义教育成为假日旅游市场主旋律，游客通过多种形式传承红色文化。从红色旅游的年龄层来看，飞猪数据显示，年轻人参与红色旅游的热情持续高涨，其中，“00后”红色旅游的酒店预订量暴涨超20倍，红色景区一日游预订量增长超8倍。当前的红色旅游呈现出如下特征：一是节假日需求稳定，红色旅游成常态。在法定节假日、小长假，以及党和国家重要节事活动前后，红色旅游景区参观学习活动明显增多，半数以上的研学旅游包含红色旅游目的地，或者融入了红色文化元素。二是红色文化教育需求增长，年轻人认同感正在增强。年轻人在游客群体中开始占据多数，游客结构在悄然年轻化。红色旅游景区与文化、创意和科技的融合创新对年轻游客形成了较强的吸引力。“80后”“90后”“00后”逐渐成为红色旅游的中坚力量，“80后”父母携带“10后”子女到访红色旅游胜地成为一大亮点。三是红色旅游品质受关注，文化需求多样。游客对特色鲜明、文化主题较为突出的景区更感兴趣，与自然风光、休闲度假融合紧密的红色旅游目的地热度高。“红色旅游+影视+乡村旅游”、研学旅游、“观光度假+红色旅游”、深度体验等新模式带动了红色文化传播。四是红色旅游产品创新加速。与其他旅游业态深度融合及角色扮演、沉浸式体验等创新模式大受欢迎，已经形成了一批“红色旅游 +”、特色教育培训品牌、红色影视基地等旅游产品，为游客提供新的出游体验。

（三）年轻人主导文旅新格局

年轻人（注：根据联合国世界卫生组织确定的年龄分段，44 岁以下皆为青年，本报告所指的青年范畴系 1975 年之后出生的人群）已占据旅游市场大半壁江山。2017 年，“90 后”和“00 后”的人口达到 3.3 亿，在旅游消费的各年龄段中占据优势。根据《旅游抽样调查资料 2017》数据，近五年城镇和农村的青年出游人数均达 70% 左右。《2018 年春节专项旅游市场报告》显示，年轻人在春节期间出游占整体市场的 70.85%，是春节出游的主力军。年轻人生活化、个性化的消费偏好正在主导旅游市场潮流。马蜂窝《2017 年旅游消费报告》数据显示，68% 的年轻消费者在出国前会提前做好“功课”，查看目的地什么值得买，参考他人推荐和使用体验。作为互联网“原住民”，除了网红、知名景区打卡外，与当地人共享日常生活空间，共享生活资源，共享科技馆、博物馆等公共文化也是他们的爱好，微信、抖音、喜马拉雅、卡牌游戏、短视频、美颜相机等 App 在旅行当中更是必不可少。此外，年轻人追求品质、体验和时尚的消费诉求成为旅游领域内容创新的源头。他们是品质、时尚和个性需求的主流群体，偏好美食、美景和休闲生活，与体验感强、社交黏度高及个性化产品有天然的亲近感。奶奶的庙、“爸爸去哪儿”路线、网红餐厅、一部电视剧、一场电竞比赛都有可能成为他们旅行的原因。以互联网为支撑，他们的旅游活动在游前、游中、游后服务高度碎片化，正推动供给端一系列碎片化产品和服务创新。马蜂窝、驴评网、穷游网等OTA依托UGC（用户生成内容）商业模式，在各自的专长业务领域不断创新产品。年轻人已经成为中国旅游市场的中坚力量。

二、时空拓展催生旅游新业态

旅游活动的开展是需要在一定的时间和空间维度下进行的。因此，基于时间维度和空间维度的延伸拓展能够有效激发旅游新需求的产生。时间要素的延伸能够打破季节等时间因素对旅游活动的制约，优化供给结构；而空间要素的拓展能够形成打造新的旅游场景，进而丰富游客的旅游活动内容和旅游体验。

（一）旅游季节性限制弱化

进入2019年，旅游淡旺季趋于平衡，“三小时”中短途出行圈成出游常态。研究院和电信旅游数据联合实验室数据显示，上半年各月旅游接待人数占比分别是16%、19%、15%、15%、16%、

20%。全国范围内都市游和乡村游的出游人数达到18.9、22.9亿人次，周边游、周末游、自驾游出游总人数分别达到8.1、3.8、2.8亿人次。“三小时”中短途出行圈成游客首选，上半年60%左右都市游出游半径在80公里以内，乡村游、自驾游平均出游半径分别为117、242公里。长期以来，受季节等因素的影响，旅游的淡旺季明显。但近年来随着避暑旅游、冰雪旅游等新业态的出现，打破了旅游活动受季节性等因素的限制，“一年四季皆可游”的局面逐渐打开。自2013年起，中国旅游研究院对避暑旅游市场进行专项调查和持续关注。2019年避暑旅游市场需求热度持续高涨，夏季消暑首选或具有较强意愿选择旅游的比例达到84.5%，传统“火炉”城市计划暑期出游的受访者占比达到93.66%，较2018年又高出约10个百分点。2018年暑期旅游的10亿人次中，避暑动机占到了一半左右。按人均消费1000元计，也有5000亿元市场的规模。伴随着2022年北京冬奥会的临近，我国冰雪旅游发展进入快车道。在大众旅游时代，冰雪不再是冷资源。冰雪旅游也逐渐成为老百姓主动追求的一种时尚生活方式。2017—2018冰雪季我国冰雪旅游人数达到1.97亿人次，冰雪旅游收入约合3300亿元，分别比2016—2017冰雪季增长16%、22%，预计到2021—2022冰雪季，我国冰雪旅游人数将达到3.4亿人次，冰雪旅游收入将达到6800亿元，“三亿人参与冰雪运动”目标将超额完成。

旅游活动的开展存在于白天，也延展于夜间。18：00—22：00

的“黄金四小时”同样承载了人民群众对美好生活的向往与追求。据银联商务数据显示，2019 年春节期间国内夜间总体消费金额、笔数分别达全日消费量的 28.5%、25.7%。夜间旅游已经成为旅游目的地夜间消费市场的重要组成部分。夜间旅游活动需求的蓬勃发展对目的地夜间旅游场景的打造、活动产品的开发供给以及目的地交通、安全等配套设施的建设提出了新的要求和挑战。

（二）全域旅游空间更广阔

全域旅游建设背景下，旅游资源不仅仅局限于山山水水和历史古迹，旅游活动的场所从景区景点延伸至各类文化、休闲场所，延伸至旅游目的地的各类生活空间。以博物馆等文化休闲场所为例，我国博物馆数量从 1978 年的 349 家增长到 2018 年的 5170 家，年举办展览 2 万余场、教育活动 20 万次，参观人数超过 10 亿人次。2019 年，春节、清明、五一、端午期间，国内旅游总人数分别同比增长 7.6%、10.9%、13.7%、7.7%，实现国内旅游收入分别同比增长 8.2%、13.7%、16.1%、8.6%。研究院与银联商务联合实验室数据显示，博物馆、历史文化型景区、红色旅游型景区及文化艺术场馆节假日消费平均增幅超过 20%。故宫博物院、国家博物馆，以及陕西、南京、安徽、山东等地的博物馆已经成为文化、研学、教育等主题旅游线路的经典项目。长城、古钱币、铁道、邮电等小众博物馆也逐渐成为游客的打卡地。

除博物馆、图书馆等文化休闲场所外，市井集市等颇具烟火气的本地居民生活空间也展示着独特魅力。日本的筑地、西班牙的波盖利亚、新加坡的牛车水、北京的三源里等菜市场和集市，这几年也都变成国际游客愿意到访的景点。以杭州为例，为了适应都市旅游的发展需求，杭州面向入境游客发布了 100 个社会资源访问点，其中古荡菜市场稳居第二大最受欢迎的项目。由此来看，以城市公园、菜市场、集市等为代表的各类本地居民生活空间均可以成为游客心中的旅游胜地，成为感受当地生活气息的绝佳去处。随着科学技术的进步，除实际空间外，虚拟空间也加入旅游活动开发的行列。VR、5G 等技术高度发展，已经可以让人足不出户即可尽览各地风光，“云旅游”通过 VR 装置，线下参观旅游景点，还是 4K 的超高清画质。

三、消费升级推动服务品质提升

随着旅游市场规模的扩大，旅游消费也迎来发展的新阶段，在旅游行业转型升级的关键时期，旅游消费呈现出以下几个特点：一是旅游消费规模保持稳步增长；二是旅游消费结构日趋多元化、合理化；三是乡村旅游、研学旅游等旅游消费的热点频出。在旅游消费渐趋规模化、合理化阶段，文化和旅游迎来融合发展新机遇，文化消费为旅游消费的发展注入了活力，文化消费成为旅游消费的新动能，进而推动文化和旅游的深度融合。

（一）文化体验市场活跃

随着文化和旅游融合进程的加快，文化和旅游在消费内容、形式以及场所等方面也呈现出深度融合、相互促进的互利局面。文化休闲消费市场活跃。随着居民生活水平的提高和大众旅游的快速发展，人们的精神文化需求旺盛，文化消费市场表现活跃。根据中国旅游研究院的调查数据显示，51.78% 的受访者认为“文化消费比衣食住行更重要”，而 38.74% 的受访者认为“文化消费与衣食住行一样重要”，近九成的受访者基本上就文化消费的积极作用和重要地位达成共识。从休闲空间来看，城乡居民休闲半径不断扩大，中短途距离休闲旅游占比大幅提高。中国旅游研究院发布的《中国休闲发展年度报告 2019》数据显示，2019 年我国城镇居民工作日、周末和节假日期间休闲半径在 2~7 公里以内的比重分别为 61.2%、63.1% 和 62.1%，农村居民农闲时离家 2~3 公里以内休闲占比为 35.8%，越来越多的城乡居民在休闲时间走出家门，享受更为丰富多彩的户外休闲活动。2019 年退休居民离家 8 公里以上休闲比重为 9.2%，旅游和郊野游憩成为越来越多退休居民的重要休闲方式。从文化休闲活动的参与情况来看，根据调查，2019 年上半年超过八成的受访者在外地旅游参加和体验了文化活动。文化包罗万象，内涵极为丰富，因此文化的外显形式更是多姿多彩。目前而言，大众所广泛接触的文化形式主要有观看电影电视、文艺演出和漫展，参观博物馆或文化古迹，参加非遗活动，体验科技等。丰富的文化空间和各种形式的文化活动也为人们与旅游活动的结合提供了更多的切口。从中国旅游研究院的统计数据来看，在文化活动形式的选择方面，受访者选择“参观博物馆或文化古迹”的比重最高，达到44.81%。对于三馆（图书馆、科技馆、纪念馆）、影院剧院等文化活动的参与频率普遍为“半年一两次”。

文化消费同旅游消费一样，对于交通、购物、餐饮等相关消费的拉动作用显著，这也为文化和旅游消费的繁荣以及文旅融合提供了现实基础。根据中国旅游研究院的调查数据显示，有 85% 的受访者认为文化消费可带动购物、餐饮、住宿、交通等相关消费增长 20% 以上；有 35% 以上的受访者认为文化消费的带动作用可高达 50% 以上。在免费文化场馆参观的消费场景中，75% 左右的受访者在交通、购物等其他领域的人均消费集中在 50~200 元，15% 左右的受访者人均消费金额高达 200 元以上。在消费类型上，“文艺演出”以及“文化创意产品购买”的消费金额占比较高。这与旅游演艺市场和旅游文创产品的蓬勃发展相呼应。

（二）消费潜力持续释放

随着人民生活水平的提高，追求高质量生活的要求及愿望也日益增强，旅游作为改善民生的“幸福产业”，已经成为居民丰富生活方式、提高生活品质的首选。作为国民日常生活中的重要组成部分，旅游消费已然成为经济新常态下的新亮点。《关于进一步促进旅游投资和消费的若干意见》《关于进一步激发文化和旅游消费潜力的意见》等政策文件的出台，也顺应了旅游消费提质转型升级新趋势，从供需两端发力，不断激发旅游消费新潜力，推动我国旅游消费规模保持快速增长态势。数据显示，2018 年全国人均可支配收入增长 6.5%，与此同时恩格尔系数降至 28.4%，包括旅游消费在内的服务消费持续提升。就旅游消费总额来看，63% 的国民每年在旅游上的花费超过万元。从消费占比上来看，56% 的国民旅游花费占生活总消费的 20% 以上。可以预见，未来我国旅游的发展空间很大，未释放的消费需求也很大，是最能释放消费潜力的领域之一。

旅游消费结构多元化。从观光游到休闲度假游，从跟团游到自助游，旅游市场一系列变革也在悄然影响着旅游消费结构的变化。长时间以来，我国旅游业被打上“门票经济”的标签，高额的门票支出不仅让游客怨声连连，而且也直接影响着游客在购物、饮食等其他方面的消费能力。但近年来，旅游消费进一步升级，游客为“美食、美宿”出游日渐平常。《中国休闲发展年度报告 2019》显示，30% 左右的受访者闲暇时间会选择旅游，且随着闲暇时间的增多，异地旅游占比有所提升，如城镇居民周末及节假日异地旅游比重分别为 5.1% 和 8.0%，旅游已成为城乡居民闲暇时间的重要选择。从休闲内容来看，北京、上海、广州、成都4市城镇居民在周末、节假日喜欢旅游、消费购物和参与文化类休闲活动，其中，选择消费购物的人数占比在10个城市中具有绝对优势；武汉、长沙、广州、西安4市农村居民农闲时喜欢文化类休闲活动，而沈阳、杭州等市农村居民农闲时更喜欢消费购物；武汉、沈阳、杭州等市退休人员更喜欢旅游和体育健身。

（三）品质消费成为趋势

党的十九大报告中指出，中国特色社会主义进入新时代，我国社会主要矛盾已经转化为人民日益增长的美好生活需要和不平衡不充分的发展之间的矛盾。我们解决了温饱问题，在物质需求得到基本满足的今天，对精神文化活动丰富的美好生活充满向往。旅游发展中，我们也逐渐从观光走向度假休闲，从“走马观花”过渡到追求“精神朝圣”。但是在旅游业的发展中，物质需求是基础，是游客精神文化需求得以满足的条件。正确的做法是在重视并满足游客物质需求的基础上，进而提高人们的精神文化体验。物质需求与精神需求的叠加，游客追求的是物质享受和精神享受融为一体的品质化旅游，这对旅游目的地的硬条件和软实力均提出了更高的要求。在精神文化方面，体验成为旅游的核心，游客追求的不仅仅是“来过一座城”，而是“爱上这座城”；不仅要打卡传统旅游景区景点，更要体验当地风土人情。

游客正在深度参与旅游并充分感受旅游目的地的文化内涵，进而向更加追求精神文化需求的“文化+旅游”模式转变，品质化正成为一种新时尚。随着经济社会的发展、可自由支配收入的增多，以及旅行经验的成熟，更多人愿意选择自助游、自驾游、自由行或者私人定制的形式去分享目的地的美好生活，而不是跟着传统的旅行社，沿着固定的线路去看风景、观古迹。随着国民权利的普及和消费观念的成熟，游客无论在国内还是在海外，在欣赏美丽之余，越来越愿意花费更长时间去分享异国他乡的美好生活。

改革开放40多年来，从“吃有肉、住有楼，还有闲钱去旅游”的朴素理想，到每年人均接近4次的国民出游率；从“春节去欧洲旅游”，到“放假了，去伦敦待几天”，可以说，国人在旅游消费这件事上正在从“有没有”向“好不好”和“精不精”转变。随着中国人旅游次数的增加和消费经验的成熟，人们不会一见到比国内便宜的奢侈品牌就冲动性地“买买买”，而是根据自己的日常需要和合理预算再做购买决策。中国游客把购物上节省下来的钱，用于体验目的地的人文环境和生活方式，多参与博物馆、世界自然和文化遗产、非物质文化遗产等文化休闲项目。在可以预见的未来，我国旅游市场仍然会维持增长的态势，但购物消费比重下降将是不可逆转的趋势。随着人们旅行经验的丰富和智能通信、移动支付的发展，游客对旅游目的地的公共服务和商业环境会有更高的要求，个性化需求和定制旅游将进入市场的成熟期。一个市场繁荣可期、商业模式重构和产业格局重组的时代正在来临。只有那些真正有品质和价值的旅游目的地才会成为游客的首选。

第二章

创新动能稳健发力，促进旅游提质升级

创新是人类经济社会发展的根本动力，也是人类可持续发展的根本保障。党的十八大报告明确提出要实施创新驱动发展战略，强调创新是提高社会生产力和综合国力的战略支撑，必须摆在国家发展全局的核心位置。创新驱动即是将创新作为引领各方面发展的首要动力，将科学技术创新、管理制度创新、商业模式创新、文化资源创新等创新类型相结合，促进发展方式的转变，依托知识积累、技术进步和劳动力素质提升，实现经济发展走向形态更高级、分工更精细、结构更合理的全新阶段。改革开放40多年来，我国经济保持了年均10%的增长速度，综合国力与人民福祉得到不断提升，经济总量仅次于美国，排名居世界第二。

当前，旅游业已全面融入国家战略体系，并成为中国社会投资热点和综合性产业，走向国民经济建设的前沿。《“十三五”旅游业发展规划》指出，我国旅游业要坚持以创新驱动为发展原则，以创新来实现我国旅游业的转型与升级，促进旅游经济从资源产品和低水平要素驱动转向创新驱动发展，通过理念创新、产品创新、业态创新、技术创新等，构建我国旅游发展新模式、扩大旅游产品新供给、拓展旅游发展新领域、打造旅游发展新引擎、提高旅游发展新能效。截至2019年，全国已有30个省（自治区、直辖市）将旅游业定位为战略性支柱产业、主导产业或先导产业加以优先发展。

一、政策优化营造良好的创新环境

长期以来，我国旅游业的快速发展离不开政府政策的大力支持。旅游产业相关政策红利的不断释放也为旅游市场的稳步发展提供了有力保障。进入 2019 年以来，无论是国家层面还是各省市政府，政策制度持续加码，从中央一号文件等纲领性文件到《关于进一步激发文化和旅游消费潜力的意见》《文化和旅游规划管理办法》《关于促进旅游演艺发展的指导意见》等专项性政策文件，都极大地促进了我国文化旅游产业迈入创新发展新阶段。

（一）国家层面鼓励数字文旅创新

习近平总书记指出，当今世界，科技革命和产业变革日新月异，数字经济蓬勃发展，深刻改变着人类生产生活方式，对各国经济社会发展、全球治理体系、人类文明进程影响深远。2018 年 9 月，国家发展改革委等 19 部委联合发布《关于发展数字经济稳定并扩大就业的指导意见》明确指出，当前和今后一段时期，要以大力发展数字经济促进就业为主线，以同步推进产业结构和劳动者技能数字化转型为重点，加快形成适应数字经济发展的就业政策体系，大力提升数字化、网络化、智能化就业创业服务能力，不断拓展就业创业新空间，着力实现更高质量和更充分就业，为保障和改善民生、全面建成小康社会、建设社会主义现代化强国提供强大支撑。在国家政策的指引下，各级地方政府陆续出台数字经济及文旅创新相关政策，推进数字经济持续发展。在政策扶持的推动下，在收集、使用和分析大量机读资料（数字数据）的能力推动下，数字经济继续以极快的速度发展，国内文化旅游市场也在顺应时势，积极发展文旅数字经济。2019 年 8 月 26 日，科技部、中央宣传部、中央网信办、财政部、文化和旅游部、广播电视总局六部门印发《关于促进文化和科技深度融合的指导意见》，明确了加强文化共性关键技术研发、完善文化科技创新体系建设、加快文化科技成果产业化推广、加强文化大数据体系建设、推动媒体融合向纵深发展、促进内容生产和传播手段现代化、提升文化装备技术水平、强化文化技术标准研制与推广 8 项重点任务，充分释放科技对文化建设的支撑作用和创新力。2019 年 8 月 23 日，国务院办公厅印发《关于进一步激发文化和旅游消费潜力的意见》，提出了继续推动国有景区门票降价、提高移动支付便捷程度、开发入境旅游产品及特色商品、鼓励把文化消费嵌入各类消费场所、打造特色类文化旅游演艺产品、推动旅游景区提质扩容、大力发展夜间文旅经济、丰富新型文化和旅游消费业态、加大文化和旅游市场监管力度 9 项措施。目前，我国上海、北京、杭州、成都、长沙、厦门等城市纷纷布局数字文创产业。在文化和旅游融合发展、数字经济、智慧旅游欣欣向荣的当下，数字文创与旅游场景的融合为城市文创产业发展提供了绝佳的机遇。一方面，城市旅游为数字文创提供了极具生命力的创新场景。按照相关统计资料，我国城市居民人均文化娱乐消费支出是农村居民的4.5倍，近75%的旅游者来自城市，超过80%的旅游消费来自城镇居民，都市旅游消费潜力空间巨大。另一方面，数字文创为正在寻找时尚和活力新消费的旅游者带来了新的消费空间。我国年轻的“80后”“90后”游客偏好时尚且带有科技感、文艺气质的新产品。为此，数字文创完全可能激发都市旅游经济新活力，并通过文化、科技和旅游融合让城市文化更富魅力。

（二）产业政策落实创新具体方案

响应创业创新的国家战略，在文化和旅游部的统筹指挥下，各级文旅管理部门深入研究市场形势，积极推出促进文旅融合、文旅创新、完善公共服务等方面的政策。在文旅融合创新方面，2019年4月，文化和旅游部办公厅印发《公共数字文化工程融合创新发展实施方案》，提出到2019年年底，初步形成公共数字文化资源服务总目录，做好公共数字文化工程平台、资源、服务的融合创新发展试点工作；到2020年年底，基本建成统一的公共数字文化工程标准规范体系，实现公共数字文化工程平台有效整合、资源共建共享、管理统筹规范、服务便捷高效，社会力量参与机制更加健全，服务效能显著提升。2018年11月，文化和旅游部办公厅发布《关于开展首批国家全域旅游示范区验收认定工作的通知》，对国家全域旅游示范区各个方面制定了全面验收的标准，增设了创新加分项，以鼓励创建单位改革创新。2019 年 3 月，文化和旅游部印发《关于促进旅游演艺发展的指导意见》，提出推进业态模式创新，鼓励发展中小型、主题性、特色类、定制类旅游演艺项目，推动建设体现新科技的剧场及舞台，支持数字艺术、交互体验、观演互动、智能演艺、舞台灯光、音响机械技术等领域的研发创新和装备提升。在公共服务方面，自 2018 年年底至 2019 年上半年以来，旅游公共服务方面的政策制度持续发力，并创新性提出诸多举措。2018 年 11 月，文化和旅游部等 17 部门印发《关于促进乡村旅游可持续发展的指导意见》，对完善基础设施、提供公共服务进行详细论述，鼓励开通乡村旅游公交专线、乡村旅游直通车，并提出因地制宜发展旅游步道、登山步道、自行车道等慢行系统。2019 年 9 月，《关于促进全民健身和体育消费推动体育产业高质量发展的意见》中将体育与旅游的融合进行了阐述，鼓励体旅融合发展。探索将体育旅游纳入旅游度假区等国家和行业标准；实施体育旅游精品示范工程，打造一批有影响力的体育旅游精品线路、精品赛事和示范基地；规范和引导体育旅游示范区建设；将登山、徒步、越野跑等体育运动项目作为发展森林旅游的重要方向。

（三）地方部门纷纷引导创新落地

为充分落实中央和文旅部决策部署，各省区市因地制宜，从完善政策法规、壮大市场主体等多方面入手，构建和完善文化旅游创新体系。北京市积极搭建平台，打造了包括“动漫北京”“艺术北京”以及“中国（北京）演艺博览会”等在内的符合首都文化中心定位，且具有广泛影响力的品牌文化活动；创新融资模式，建立健全旅游产业金融服务体系；把握消费需求，全面构建“五十百千万亿”的京郊旅游产品供给体系。山东省把文化产业和旅游产业作为助推经济高质量发展的强大引擎，山东省文化和旅游厅积极做好“纳入”文章，将推动文化产业和旅游产业发展纳入省委、省政府重点工作布局，纳入“统领经济社会发展的重大工程”和“优秀传统文化传承发展工程”，纳入乡村发展战略，全省上下形成了重视、关注、支持文化产业和旅游产业发展的良好氛围。福建省积极培育产业发展新动能，打造文旅融合发展示范基地、旅游新业态培育基地、两岸文旅产业交流合作基地、数字文化创新基地、工艺美术创意基地和文化装备制造特色基地，促进结构转型和高质量发展。

二、前沿科技优化旅游全产业链条

在信息技术的推动下，人类社会从工业时代走向信息时代，经济形态从工业经济走向数字经济。纵观文旅行业近20年爆发式增长的发展轨迹可以发现，信息技术在其中起到了重要的推动作用。但是由于历史的原因，文化和旅游在数据、系统和产品等多个维度并未完全打通。文旅融合的时代背景迫切需要在技术的支持下，连接文旅数据、整合文旅系统、创新文旅产品。以数据为中心的技术体系，在数据生产、数据存储、数据处理、数据安全等方面，技术日趋成熟。互联网、移动互联网、物联网，三网之上的数字媒体资源呈指数级别增长，文旅融合的内容生产的加速度还在增长。分布式、云存储、5G，近似无穷的存储空间，高速率、低时延的传输，文旅融合的数据存储和传输将突破时空瓶颈。并行计算、云计算、人工智能，算法效率在提高，算法结果在优化，供需得到快速匹配，文旅融合的产品将更加广泛丰富。旅游科技创新了旅游生产、管理、交易和消费各个环节的方式和模式，提升了旅游服务和体验质量，产生了一系列旅游新业态和新产品，提高了旅游产业的便捷性，增强了旅游产业的娱乐性，实现了旅游产业数据的可视性，是旅游创新发展的核心要素，是促进传统旅游业向现代旅游业转化的重要力量。技术推动文旅融合向前演进，并为文旅融合注入新的技术动力。

（一）人工智能深入挖掘文旅需求

伴随人工智能在文旅行业实践的不断深入，围绕主题化、深度化、社区化进行分众的需求挖掘成为文旅新需求的主要来源。文旅需求从广度、深度、层次多个方面被全面挖掘和发现，不同分众的文旅需求被规模化提炼和整合。个性化需求以不同特征分众需求的灵活组合方式出现，并得到快速匹配和满足。在过去的旅游实践中，驴妈妈通过不断创新，持续为客户创造价值。2018年，驴妈妈结合旅游全产业链优势，整合各方资源，推动实现旅游大数据分析和场景智能化应用，潜心打造了一套集人脸智能识别、智慧导览导视、无人酒店智能和智慧景区大数据管控平台等内容为一体的智慧景区建设系统，旨在全面创新升级旅游服务、营销和管理，真正推动旅游生态系统高效、可持续发展。

（二）大数据、5G 等技术催生旅游服务创新

随着 5G、区块链、生物工程等新技术的广泛应用，政府和业界对旅游大数据的需要与日俱增，而研发、建设和应用主体的增加，数据的规模化生产和质量提升、数据价值的挖掘和数据伦理的建构，都在切实推进大众旅游新时代的大数据理论和统计工作体系的创新。对于游客来说，大数据正在成为游客消费决策和消费评价的重要因素，正在成为影响消费行为和品牌建构的关键指标。游客跟着时尚买手、流量明星和视频直播走，没有大数据，旅行商连游客在哪里、需要什么、关注什么都无从知晓。对于旅游企业来说，大数据正在成为旅游产业从高速度增长走向高质量发展的新动能。宏观研究机构对客源地和目的地市场态势的周期性监测，商业数据公司对消费结构、消费行为，以及投资、经营

等财务信息的研究，对旅游集团的战略规划变得更像是经济学的博士论文答辩。相对于企业家的经验管理和经营团队的避险决策，大数据可以帮助旅游投资机构、旅游集团和大型涉旅企业建立进取型的专业决策体系。大数据将成为市场主体创业创新的现实主动能，市场主体将成为新时期数据伦理建设的关键角色。

2019 年，5G 商用时代正式开启，旅游与大数据、人工智能、物联网等高科技联系日益紧密。伴随着国内各大中心城市的 5G 基站建设和 5G 信号覆盖时间的临近，5G 已经从概念走向实践。2019 年，中国旅游研究院开展文化和旅游领域 5G 市场应用的专项调研和问卷调查，以更好地了解各方的认识程度、市场需求、企业投资意愿、主管部门动态等。研究发现：87% 的游客认为 5G 将对未来工作生活和文化旅游带来重大影响或颠覆性影响，科技创新将使文化和旅游体验更加透明和安全、更加方便和快捷、更加智能化和科技感。广大市民和游客对智能文化和旅游公共服务、行业监管以及景区、交通等商业接待和现场体验中的智能应用场景最为期待。对于现有文旅数字服务和产品，在与新服务和新产品的竞争中将被迫更新换代，部分现有服务和产品将被淘汰。2019 年 6 月，景域驴妈妈、中兴通讯在深圳中兴通讯总部签署战略合作协议，双方计划在 5G 与文化旅游融合方面开展深度合作，共同探索 5G+ 智慧旅游的创新应用场景和解决方案，签约同时，双方联合启动了 5G+ 智慧旅游研究实验基地建设计划。预计未来在 5G 的高速率和低延迟特性以及对物联网的全方位支持下，国内将出现一批响应更快、体验更好的文旅新服务和新产品。

（三）虚拟现实、物联网提升游客体验

无论是文化行业还是旅游行业，都具有很明显的时空特性。时空转移本是十分困难的，但是 VR 和 AR 的不断成熟将带来时空转移般的文旅体验。VR 和 AR 构造的是虚拟空间，随着 VR 和 AR 的不断成熟，虚拟空间将越来越接近现实空间。未来在虚拟空间的文旅体验将越来越接近现实空间，VR 和 AR 的文旅服务和产品将更加普遍，并进一步缩小虚拟空间和现实空间的体验鸿沟。旅游科技中的模拟仿真展示系统、虚拟展示系统、多媒体展示系统、声光电技术、特种设备设施和户外用品装备，有利于增加原有景区景点的娱乐性程度，同时为旅游市场开辟更多具有娱乐性质的景区景点，一则更能满足游客对娱乐性的需求，二则能丰富游客的旅游内容。上海迪士尼的“翱翔 · 飞跃地平线”项目，采用 360° 全景展示和裸眼 VR 技术，让游客能身临其境地环游地球并切实感受到“草香象哞”。“创极速光轮”项目，采用特殊安全保障设备和半透明轻质反光材料，能让游客感受速度高达 80 千米 / 时的摩托车骑行场景。

从互联网到移动互联网再到物联网，不仅仅是接入终端数量的指数级增长，还伴随着数据量和智能体数量的指数级增长。5G

将为物联网的数据传输提供保障。海量分布的智能终端将使不同文旅场景的快速响应和智能决策成为现实，环境感知将使得文旅服务更加人性化。物联网同样使得文旅体验的全过程管理和质量监控更上一个新台阶，人性化服务和高品质服务不仅有技术保障，也拥有了管理手段和监控技术。在旅游业的技术创新和物联网旅游进化升级过程中，下沉到目的地的智能公共管理和服务，细分到国内、入境、出境市场的个性和智能定制与即时综合服务，技术本身作为内容创新形成时尚、穿越的科技体验，是当前及未来一段时间在带薪休假制度落实前提下，面向满足多元化、多层次、品质化旅游消费需求值得期待的领域。面向主体市场、潜力市场需求的品质化服务和管理，包括移动式云端游客服务中心、智能旅行机器人助理、可视化可交互的旅行交易系统、面向入境游客的多语言服务系统、社交型地图和综合交易平台，最终形成物联网旅游综合平台，等等，可能将成为有一定前景的应用场景。

（四）文旅数据经济规模快速增长

2018 年我国数字经济总量达到 31.3 万亿元，占 GDP 比重的 34.8%。过去，我们经历了改革红利、全球化红利、人口红利，在信息技术时代，数据和数据技术作为信息技术的重要支点，已然成为重要的生产要素和经济发展尤其是旅游经济发展的新红利。事实上，旅游数字经济也已经走在了前列。互联网造就了新的旅行组织方式、产品形态和商业模式，带来旅游经济增长的重要动能。有关数据表明，2018 年我国在线旅游交易额达到 9754.25 亿元，约占同期全国旅游总收入的 16%。此外，像马蜂窝、堆糖等平台，数据本身就是内容和产品创新的基础，数据自身就是旅游数字经济的重要组成。

数字化为互联网旅游向物联网旅游进化提供关键链接。游客活动具有典型的综合性特征，既涉及食、住、行、游、购、娱，也涉及旅游前、旅游中和旅游后的各种行为，游客活动数字化是互联网旅游发展的结果，更为物联网旅游发展提供大型试验场。2018 年年底，我国拥有 8.29 亿网民，智能手机用户数超过 13 亿，蜂窝物联网终端 6.7 亿户，这些都将成为万物互联的基础，为旅游领域的人工智能、物联网研发提供养料。以一个“90 后”的旅游过程为例，从旅游前的网络查询、旅游类 App 检索、QQ 微信聊天，到实时打卡、种草、直播，再到分享、吐槽，游客活动的本身为万物互联提供了重要的基础人口数据、游客行为数据和旅游相关数据，这为互联网旅游向物联网旅游进化提供了重要的生产要素。一方面，文化和旅游的数据孤岛正在被连通。另一方面，物联网也在创造规模更加庞大的文旅数据。文化和旅游的数据逐步被整合，C 端、B 端和 G 端的数据同步进行整合，进而人端、物端、传感器端的数据实现整合。同时，文旅在时间、空间、行业上的延伸不断扩展文旅的外延。夜间旅游、避暑旅游、冰雪旅游、海岛旅游、工业旅游、农业旅游、红色旅游等不同形态的文旅活动被提炼和挖掘，与之相应的数字文旅产品、服务和创新也应运而生，数字文旅的外延和边界也随之延伸。

三、文旅融合成为创新主打方向

（一）文化内核激发旅游目的地活力

当下，居民和游客都愿意为更高品质、更多元化的文化休闲活动买单。实际上，当前，文化消费空间体系已从传统的书店、影院、剧场，拓展到艺术区、商场、社区等更多空间，旅游也不再是“坐坐车、拍拍照”，而是升级到更深层次的文化与生活体验。以享誉海外的文化资源大市西安为例，据不完全统计，西安市拥有多达六处名胜古迹（秦始皇陵及兵马俑、汉长安城未央宫遗址、唐长安城大明宫遗址、大雁塔、小雁塔、兴教寺塔）荣登联合国教科文组织遗产名录；西安鼓乐、中国剪纸、中国皮影戏三个项目列入联合国教科文组织人类非物质文化遗产名录，省级和市级非遗项目更是不胜枚举；全市博物馆 134 座，各级别文物保护单位 424 处，公共图书馆 13 个，群众艺术馆 2 个，文化馆 14 个，文化站 186 个。基于自身强大的文化资源，近年来西安策划了多个旅游产品：参与纪录片《如果国宝会说话》，推出西安半坡博物馆收藏的人头壶与秦始皇帝陵博物院收藏的跪射俑，用故事和文化连接着世界遗产与百姓生活；举办了“丝绸之路国际电影节”“世界西商大会”“全球硬科技创新大会”等会展活动，在将其文化资源向外辐射的同时也汲取外部的精华为自身所用；在网络短视频平台抖音发起了“抖音里的西安”等活动，游客、市民自发参与“文物戏精抖音大会”，刷爆朋友圈的同时顺势打造了时尚活力的城市形象；在 2018 年春节期间组织了“西安年・最中国”活动，《人民日报》、新华社、中央电视台等主流媒体报道了 120 余次，累计阅读和点击量超过 1.8 亿次，无论是西安本地居民还是外地游客，抑或是海外游子都积极参与活动的话题讨论，西安成为传统文化和家的“代言城”。2018 年，西安市全年接待国内外游客 24738.75 万人次，同比增长 36.7%；旅游业总收入 2554.81 亿元，同比增长 56.4%，占全年 GDP 的 27%。创新性地挖掘并开发文化资源，为西安市的旅游产品策划提供了源源不断的创意，吸引了众多国内外的游客，同时由于旅游产品的丰富有创意，在一定程度上增强了消费者的购买意愿，于是西安的旅游人次和旅游收入均出现大幅度增长。

（二）文化遗产成为旅游消费新热点

自从我国加入世界遗产公约以来，每年都在积极申报世界遗产，截至 2019 年 7 月已有 55 个项目被联合国教科文组织列入《世界遗产名录》，遗产数量与意大利并列世界第一，其中世界文化遗产 37 处，世界自然遗产 14 处，世界文化和自然遗产 4 处。世界遗产因其独特性、不可替代性、杰出性、稀缺性、多样性等特征历来受到各类旅游者的青睐，尤其是世界文化遗产。据统计，一级客源市场潜力大于 1 亿人的全部是世界文化遗产，其二级客源市场潜力平均是 17167 万人，远超世界自然遗产的 7126 万人，文化资源对旅游的重要性可见一斑，如若将开发独一无二的文化资源作为差异化竞争的发展方向，那将直接为旅游目的地提供一道天然的竞争屏障。

以世界文化遗产项目福建土楼为例，2008 年，历史悠久、规模宏大、造型奇异、风格独特、设计完整、人文丰富、建筑群众多的福建土楼申遗成功，福建省漳州市和龙岩市立即广泛开动宣传机器，报纸杂志、广播电视和社交媒体等将“福建土楼”作为亮点、重点进行旅游推广，在招徕大量游客的同时，还吸引了众多学术研究者和艺术创作者的眼球，后者围绕福建土楼完成的建筑、书画、摄影、影视作品对当地旅游的推广进行了二次引爆，自此福建土楼知名度远远高于国内其他省份的古楼建筑，同时以古楼文化为核心竞争力，与福建本地原有的妈祖文化和华侨文化等形成差异化竞争。2008 年漳州市全市共接待国内外游客 78.01 万人次，接待境外旅游者人数 3.29 万人次，经过仅仅 1 年的发展，2010 年其全市共接待国内外游客 1026.49 万人次，接待境外旅游者人数跃增到 24.75 万人次，旅游总收入突破 100 亿元，占到全市 GDP 的 14%。而经过 10 年发展后的南靖土楼景区，其接待游客从 2008 年的 35 万人次升至 2017 年的 450 万人次，景区实现旅游收入从 2008 年的 2000 多万元跃升至 2017 年的 25 亿元，当地约 2.5 万外出年轻楼民返乡创业，景区居民人均可支配年收入从 2010 年的 7481 元提高到 2017 年的 24713 元。

（三）文化品牌打造成效显著

麦肯锡 2017 年中国消费者调查报告显示，到 2020 年之前，将有超过一半的中国城市家庭跻身新主流消费人群，新主流消费人群的年龄大多在 25~40 岁，受过良好的教育，具有较高的文化品位和较强的上进心，不断追求生活方式的升级，其消费理念以自我价值的实现为主，具有“自我取悦”“自我提升”“自我存在”三个特点。因此，普遍性的品牌价值增长时代即将结束，新老产业的品牌创新应充分考虑未来主流消费群体的需求，为成功转型升级的产业做好品牌战略定位。

以根植于自身文化资源起家并在近几年得到国内外广泛认可的故宫为例。第一，以文化资源为灵感打造故宫文创品牌：故宫文创的研发根植于本源的文化符号，创意资源来自 25 大类 180 余万件的文物藏品，在产品设计上，不仅突破传统博物馆文创品所使用的复制与再现形式，而且深度发掘明、清时代的皇家文化元素，将建筑、文物、历史故事与当代消费者的生活相融合，打造为层出不穷的畅销热品。故宫博物院前院长单霁翔表示，早在2017年故宫文创产品的总收入额就已达到15亿元；第二，以文化资源为内容打造故宫节目品牌：2016年以重点纪录故宫书画、青铜器、宫廷钟表、木器、陶瓷、漆器、百宝镶嵌、宫廷织绣等领域的稀世珍奇文物的修复过程和修复者的生活故事的纪录片《我在故宫修文物》在央视纪录频道播出后，引发社会各界热议，不仅吸引了传统收视群体，而且成功引起年轻网友的好评，仅1个月就在“90后”聚集的弹幕视频网站点击量达120.8万，豆瓣网评分达到9.5，在传递了“工匠精神”的同时，也为故宫的严谨、精致打了一波走心的广告；第三，以文化资源为载体打造故宫活动品牌：2019年1月，故宫举办了“宫里过大年”数字沉浸体验展，穿入《冰嬉图》中溜冰，跟门神合影，与乾隆堆同款雪人等提取了中式传统新年、皇家故事、文物等元素并运用了数字投影、动态捕捉、虚拟现实等数字技术的新奇活动，因其能让游客身临其境地感受到皇家宫廷过年的氛围，吸引了大批游客的关注，成为春节期间最热门的景点，据《2019春节出游趋势报告》显示，春节期间故宫旅游热度同比增长126%，北京也成为春节最热门的境内旅游城市。

四、组织创新引领市场文旅变革

旅游企业组织作为旅游市场的重要组成部分，旅游产业其他主体的创新举措需要借由旅游企业的实践后方可论证创新效果，同时由于旅游企业是旅游产业的一线战斗者，其能最快接受市场反馈并着手进行创新，为旅游产业的创新提供精准且充实的内容。根据易观智库研究报告，自 1997 年以来我国旅游企业发展迅速，信息化水平逐步提高，大致分为四个阶段：第一，萌芽阶段（1997—2003 年），在政府主导下我国一大批旅游集团相继成立，中旅集团、青旅集团、国旅集团、北京旅游集团、华侨城集团等旅游企业成为我国旅游企业的中流砥柱；第二，探索阶段（2004—2006 年），区域性旅游批发商成为后起之秀，众信、同程旅游、酷讯旅游等逐步兴起，此时旅游电子商务与传统旅游企业并存，主力仍是传统旅游企业；第三，发展阶段（2007—2017 年），在线旅游企业大幅增长，旅游上市企业大幅增长，2016 年我国上市旅游企业达到 65 家，旅行社类企业净利润达到 30.82 亿元，并购扩张仍在加速；第四，巩固阶段（2018 年至今），截至 2019 年，在线旅游企业基本完成 O2O 转型，旅游企业发展进入巩固阶段，价值理念不断提高，市场渗透率不断增加，产品类型不断丰富。

（一）企业家精神主导创新

经过数十年的发展，特别是过去20年国民旅游的兴起，加上近年来大众创业、万众创新在旅游领域的活跃，市场主体已经成为行政主体之外促进旅游经济繁荣发展的另一支战略主导力量。市场主体的健康发展离不开旅游企业家的精神引领。企业家精神是企业核心竞争力的唯一真实来源，一个活跃的市场，土地、劳动者、资本等要素只有在具有企业家精神的人手中，才能在复杂多变的竞争环境中发展壮大起来，才会真正成为财富的源泉。企业家精神是旅游产业价值理念的重要缔造者之一。伴随着国内旅游市场的繁荣发展，中国旅游企业在国际上的话语权和品牌影响力在增加，旅游企业的领袖们也在旅游行业的市场化发展和商业探索中起到了决定性作用。未来文化旅游行业的创新发展还需要更多能够引领行业发展的企业家。“旅游思想者”是中国旅游研究院（文化和旅游部数据中心）中国旅游科学年会的重要奖项之一，创设于2015年4月。旨在向中国旅游业的创业创新者致敬，感谢他们知行合一，以其前瞻思想、卓越才情和不懈努力，持续提升游客、员工的品质获得感，不断扩大国家旅业在世界的话语权和影响力。自2015年起，旅游思想者分别颁予了携程旅行网联合创始人、执行董事局主席梁建章博士及其创业团队、途家网罗军先生及联合创始人杨孟彤女士、春秋集团董事长王正华先生及其创业团队、开元旅业集团董事长陈妙林先生及其创业团队。2019 年 4 月 21 日，中国旅游科学年会在京召开，大会以“文化和旅游融合背景下的旅游理论建构与学科建设”为主题，文化和旅游部党组书记、部长雒树刚出席并讲话，中国旅游研究院院长戴斌为驴妈妈创始人、景域集团董事长洪清华及创业团队颁发 2019 年度“旅游思想者”奖，并宣读颁奖词。企业家的执着事业心、不停息的创新精神和模范合作精神通过其传递机制发扬光大，最终缔造出企业的核心竞争力。

（二）跨界资本支撑旅游创新投入

资本投入为旅游创新提供了有力的财力、物力支持。根据 Phocuswright 的 2019 年度初创企业报告（State of Startups Report），2018 年全球旅游初创企业的融资总额同比增长了 55%（达到 57 亿美元）。自 2009 年以来，旅游初创企业的合计融资总额达到 197 亿美元，而 2018 年单独一年的数字，已接近过去十年总额的 1/3。绝大多数融资都流向了处于发展后期的企业（Late-stage Companies），这些企业拥有被人熟知的产品、稳健的现金流，并占据了巨大的市场份额，且已开始开拓边缘市场。2018 年，投融资事件数量最多的是目的地资源端的文旅特色小镇和文旅综合体项目，其次是产业服务端的产业运营管理和智慧旅游领域，投资热度相对较高。从投融资金额来看，目的地资源端重资产项目投资占据了总金额的绝大部分，其中文旅特色小镇和文旅综合体投资体量最大。未来，随着旅游业升级转型，旅拍服务、旅游新媒体等轻资产项目将得到更多青睐。

2019 年，跨界资本投资热情依然高涨。锦江酒店 App 率先与热映电影《愤怒的小鸟 2》进行 IP 跨界合作，并联合锦江国际旗下酒店品牌，开启长达 2000 公里的“硬核酒店之旅”。斯维登旗下度假别墅品牌“欢墅”与酷狗音乐倾情牵手，在江浙沪热门旅行度假目的地浙江安吉，打造了一栋可以 24 小时欢唱 K 歌的音乐主题别墅。OYO 和软银成立两家合资企业，共同推进酒店地产收购。东呈国际集团、1905 电影网旗下 1905 数字娱乐平台和 HHD 国际设计机构共同推出“电影 + 酒店”的跨界新物种——殿影酒店，发起“电影 + 酒店”的跨界，不仅仅是 IP 的堆砌，更是从品牌、空间、场景、服务等方面进行多维度的创新转型。跨界资本为旅游行业带来了不同的经营理念、创意内容、资金和人才资源，为旅游创新提供了更多机会。

第三章

区域创新逐步活跃，联动格局尚待形成

一、旅游创新能力评价体系

（一）区域旅游创新能力的内涵和特征

区域旅游创新是一个地区为实现旅游经济的转型升级和持续发展，辖区内政府部门、相关企业、高等院校、科研机构、行业组织以及旅游消费者等利益相关者有效配置旅游相关资源，并将其转化为旅游新产品、新工艺、新技术、新业态、新体制的所有创造性活动的总和。区域旅游创新能力是特定地域范围内政府部门、旅游企业、科研机构等各类旅游创新主体通过对资金、人力、知识、技术等要素的有效配置与合理优化的能力。这种能力不仅包含现有的旅游创新要素整合能力，也包含潜在的、未来的旅游创新能力（周成，2018）。区域旅游创新能力具有如下特征：第一，成因多元性，基于旅游经济的综合性以及创新能力的多维性，区域旅游创新能力的形成机制与动力来源受地区社会经济、科教文化、产业结构、资源业态、管理体制等多种因素的影响；第二，系统综合性，区域旅游创新能力是由多要素构成、相互影响、共同促进的巨系统，系统内部具有表层、中层和根本性影响要素，对各类要素进行解构和系统构建是区域旅游创新能力提升的前提（冯学钢、周成，2016）；第三，影响关联性，构成区域旅游创新能力的人才知识、科学技术、资源市场、景区企业、管理体制等各要素间是相互影响和关联的，区域旅游创新能力是相互关联的统一体，若某一方面区域旅游创新要素或维度存在短板，将影响区域旅游综合创新能力的提升；第四，区域差异性，不同的区位条件、资源条件、市场条件、社会文化条件，隐含着不同强度和不同类型区域旅游创新要素禀赋、能力大小和效率高低，也决定了不同类型的区域旅游创新发展策略和提升路径；第五，发展动态性。区域旅游创新能力是动态发展的，之前的旅游创新要素通过必要手段进行整合和优化才能形成区域旅游创新潜力，而潜力具有后发性和潜藏性，一旦具备了发展条件即可转化为区域旅游创新实际能力（冯学钢，周成，2016）。

（二）区域旅游创新能力评价体系

基于上文前人理论研究成果，本报告结合当前国内旅游业创新发展的实际情况，构建区域旅游创新能力评价体系，并以此对国内 31 个省、直辖市、自治区进行创新能力评价分析。在指标体系构建中，本报告以国家统计局社科文司《中国创新指数（CII）研究》的创新指数框架为基础[①]，结合旅游创新实践指标来进行分析。

① 为客观反映建设创新型国家进程中我国创新能力的发展情况，国家统计局社科文司《中国创新指数（CII）研究》课题组在发布 2005—2011 年中国创新指数（China Innovation Index，CII）的基础上，对 2012 年的创新指数进行了测算。中国创新指数（CII）评价指标体系包括创新环境、创新投入、创新产出、创新成效 4 个方面，共 21 个评价指标。

中国创新指标体系分成三个层次。第一个层次用以反映我国创新总体发展情况，通过计算创新总指数实现；第二个层次用以反映我国在创新环境、创新投入、创新产出和创新成效三个领域的发展情况，通过计算分领域指数实现；第三个层次用以反映构成创新能力各方面的具体发展情况，通过上述三个领域所选取的17个评价指标实现。本报告的旅游创新能力评价，以创新环境、创新投入、创新产出和创新成效为一级指标，根据以往旅游学界、业界研究成果设定二级和三级指标。

1. 旅游创新环境体系

旅游创新环境体系主要反映驱动创新能力发展所必备的人力、财力、科教等基础条件的支撑情况，共设3个二级评价指标，5个三级评价指标（表3–1）。

表3–1　旅游创新环境指标体系

创新环境体系	经济基础	人均GDP（万元）
		人均可支配收入
		人均消费支出（元）
	人才培养	含旅游专业的高等学院学生人数（人）
	专业研究	国家级旅游课题数量（个）

（1）宏观经济环境。旅游市场的繁荣来源于我国经济发展带来的人民收入水平提高和消费升级。以人均GDP作为衡量经济发展水平的指标，以人均可支配收入和人均消费支出衡量人民生活

水平的改善和消费动态。

（2）旅游人才建设。人才是改革创新的主体，旅游高等院校每年输出的优秀人才可为旅游创新持续提供新鲜血液，旅游高等院校学生数量成为旅游创新环境的重要指标。

（3）旅游专业研究。以国家级旅游课题为代表的学术研究对全社会文旅创新投入和创新活动的开展具有带动和导向作用，该指标反映学术研究对创新重点、关键和前沿领域的规划和引导作用。

2. 旅游创新投入体系

该领域通过旅游创新的政府预算、科技研发、文化旅游资源投入情况来反映创新体系中各主体的作用和关系，该领域共设 3 个二级指标，6 个三级指标（表 3–2）。

表 3–2　旅游创新投入指标体系

<table>
<tr><td rowspan="6">创新投入体系</td><td>科技投入</td><td>R&D 经费内部支出（亿元）</td></tr>
<tr><td>政府投入</td><td>一般公共预算支出（亿元）</td></tr>
<tr><td rowspan="4">资源投入</td><td>A 类旅游景区数量（个）</td></tr>
<tr><td>星级饭店数量（个）</td></tr>
<tr><td>旅行社数量（个）</td></tr>
<tr><td>文化场馆数量（个）</td></tr>
</table>

（1）政府预算投入。旅游创业创新的持续健康发展，既需要

政府政策导向和扶持，同时也需要政府通过预算支出等调控手段加大对旅游创新的投入力度。

（2）科技研发经费支出。科技研发支出是反映国家或地区科技投入水平的核心指标，也是衡量旅游创新可持续发展能力的重要评价指标。

（3）资源投入支出。文化旅游市场的创新发展以旅游目的地的资源禀赋为基础，旅游和文化资源的开发投入是反映创新投入的重要指标。全国各地文化场馆的规模发展可以作为文化创新投入的重要依据。旅游景区、星级饭店、旅行社的发展是传统旅游创新的重要组成。

3. 旅游创新产出及成效体系

该领域通过旅游产业规模，旅游业知识产权发展综合反映创新中间产出结果，该领域共设 3 个二级指标，6 个三级指标（表 3–3）。

表 3–3　旅游创新产出及成效指标体系

创新产出及成效体系	游客规模	入境过夜游客（万人次）
		国内旅游人数（万人次）
	旅游收入	国内旅游总收入（亿元）
		国际旅游外汇收入（万美元）
	知识产权	旅游论文发表数量（篇）
		三种专利申请授权数（个）

（1）游客规模。本报告重点聚焦国内旅游创新发展的成效，故不考虑游客出境旅游情况，专注国内旅游和入境旅游市场，以 2018 年入境过夜游客数量和国内旅游人数作为衡量游客规模的指标。

（2）旅游收入。与游客规模口径统一，旅游收入同样专注于国内旅游和入境旅游市场，以 2018 年国内旅游总收入和国际旅游外汇收入作为衡量地区旅游收入的指标。国际旅游外汇收入是指来华旅游的海外游客（包括来华旅游的外国人、华侨和港澳台同胞）在大陆（省、区、市）旅游过程中由游客或游客的代表交由宾馆支付的一切旅游支出。

（3）知识产权。知识产权是创新领域的重要产出。本指标体系中的专利授权数包括旅游相关的发明、实用新型、外观设计三项国内专利授权数，专利授权数是创新活动中间产出的又一重要成果形式。该指标也是反映研发活动的产出水平和效率的重要指标。知识产权是智力劳动产生的成果所有权，论文同样属于知识产权的一部分。旅游相关核心论文是旅游创新成果的另一种输出形式，本报告以中国知网检索的 SCI、EI、CSSCI、CSCD 核心期刊数量作为衡量创新研究成果的指标。

二、区域旅游创新能力评价

基于上文的区域旅游创新能力评价指标体系，本报告采用熵值法进行权重设定。熵值是不确定性的一种度量。信息量越大，不确定性就越小，熵也就越小；信息量越小，不确定性越大，熵也越大。因而利用熵值携带的信息进行权重计算，结合各项指标的变异程度，利用信息熵这个工具，计算出各项指标的权重，为多指标综合评价提供依据。基于熵值法区域旅游创新能力评价指标框架如表 3–4 所示：

表 3–4　旅游创新综合评价体系及权重

创新环境（24.6%）	经济基础	人均 GDP（万元）	0.046
		人均可支配收入	0.044
		人均消费支出（元）	0.043
	人才培养	含旅游专业的高等学院数量（家）	0.063
	专业研究	国家社会科学旅游课题数量	0.05
创新投入（35.4%）	科技投入	R&D 经费内部支出（亿元）	0.073
	政府投入	一般公共预算支出（亿元）	0.05
	资源投入	A 类景区数量（个）	0.051
		文化场馆数量（个）	0.083
		星级饭店数量（个）	0.047
		旅行社数量（个）	0.05

续表

创新产出及效果（40%）	游客规模	入境过夜游客（万人次）	0.083
		国内旅游人数（万人次）	0.053
	旅游收入	国内旅游总收入（亿元）	0.052
		国际旅游外汇收入（万美元）	0.08
	知识产权	旅游论文发表数量（篇）	0.052
		三种专利申请授权数（个）	0.08

※ 数据来源：①经济基础、科技投入、政府投入数据来源于全国各省、直辖市自治区 2018 年国民经济和社会发展统计公报；②专业研究数据来源于国家级旅游基金项目数据库；旅游论文数据来源于 CNKI 检索数据；③专利申请授权数据来源于国家知识产权局网站查询数据；④人才培养、产业规模、游客规模、旅游收入数据来源于文化和旅游部官方网站及各省市文化旅游管理部门发布数据。

基于指标框架及权重分配，本报告对全国 31 个省、直辖市及自治区进行旅游 DP 创新能力评价分析，得出结果如下：

（一）华东、华南地区领跑国内旅游创新

创新能力评价结果显示，31 个省、自治区、直辖市中旅游创新能力排名前十位分别为：广东、北京、上海、江苏、山东、浙江、四川、云南、湖北、湖南。从地理区域看，华东和华南地区旅游综合创新能力处于第一梯队，华北、华中、西南地区处于第二梯队，东北和西北地区处于第三梯队。

从细化指标来看，在创新环境体系板块，华东和华南地区属

于经济发达地区且人口密集，人均 GDP、人均可支配收入和居民消费收入都处于较高水平。华东地区 GDP 已经超过了全国 GDP 的 1/3，人均 GDP 超过了全国人均 GDP 的 1/4。除去文旅自然资源和人文资源，华东、华南地区的交通运输、信息技术、基础设施、公共服务等产业已发展较为成熟，优越的经济基础为旅游创新奠定了良好的基础，既有庞大多元的市场需求，又具备资本、人才、政策优势提供优质的旅游供给，形成旅游创新的经济基础优势。从旅游人才培养和学术角度看，广东、云南、山东、四川、北京等省市的人才储备相对充足。

在创新投入板块中，创新评价排名前十位的省市为：北京、山东、广东、江苏、浙江、四川、河南、上海、湖北、辽宁。科技研发投入是影响地区旅游创新能力的重要指标，R&D 经费内部支出方面，广东、江苏、北京、山东、浙江、上海、湖北、四川、河南、湖南位列前十位。旅游资源禀赋成为影响创新能力的重要部分。我国地大物博、幅员辽阔，各地区虽然经济社会发展水平有所差异，但资源禀赋各有特色，全国 A 类景区分布整体相对均衡。文旅融合的新形势下，文化基础设施建设和公共文化服务提升成为旅游创新的重要衡量指标。从文化场馆指标来看，北京、山东、河南、江苏、四川、黑龙江、上海、浙江、广西、广东排名靠前。旅游创新发展离不开政府的扶持，政府投入是最关键、最现实的问题。政府通过公共预算支出对旅游业及周边产业进行投资，通过改善地区社会公共环境、改善民生来提高旅游目的地吸引力。政府公共预算投入方面，华南、华东、华中处于较高水平（表 3–5）。

在创新产出及效果板块中，创新评价排名前十位的省市为：广东、上海、北京、江苏、浙江、云南、山东、四川、安徽、陕西。旅游专利产出前十位中，华东地区占据半壁江山（上海、浙江、江苏、山东、安徽）。旅游专利为地区旅游产业技术水平提升和游客体验改善发挥积极作用，旅游学术成果为市场主体制定战略、旅游管理部门决策以及引领行业发展提供重要参考（表 3–5）。

表 3–5　国内旅游创新 Top10

创新环境 Top10	创新投入 Top10	创新产出及成效 Top10
云南	北京	广东
上海	山东	上海
北京	广东	北京
广东	江苏	江苏
浙江	浙江	浙江
江苏	四川	云南
山东	河南	山东
广西	上海	四川
四川	湖北	安徽
湖南	辽宁	陕西

（二）科技投入的创新贡献日益突出

从区域旅游创新能力评价结果可以看出，区域旅游创新能力前十位与研发投入、知识产权产出的前十位高度吻合。除河南外，科技研发投入最多的9个地区均位列创新能力排名前十名。知识产权产出排名前十位的地区中有7个省市进入创新能力排名前十名（表3–6）。

表3–6　区域旅游创新能力及研发投入、知识产权产出Top10

评价结果排名	创新综合排名	科技研发投入	知识产权产出
1	广东	广东	上海
2	北京	江苏	广东
3	上海	北京	浙江
4	江苏	山东	江苏
5	山东	浙江	北京
6	浙江	上海	四川
7	四川	湖北	山东
8	云南	四川	安徽
9	湖北	河南	福建
10	湖南	湖南	天津

科技的创新正在不断优化旅游的信息搜索、预订、消费、体验、评价等全流程，直接改善了企业效率、效益和用户体验。通过

研发投入等要素的不断增加，旅游专利、旅游科技产品等不断涌现，现代科技正在深刻改变旅游行业。通过现代科技创新，旅游人工智能技术、旅游大数据技术等应用不断成熟和深化，旅游信息数据资源共享开放功能日益完善，跨区域和部门间的合作不断加强，政府和企业服务全域旅游的智能化水平显著提升。利用现代科技可以提高旅游全过程、全场景的智能化服务水平。利用互联网、大数据、云计算、人工智能等现代科技手段开展“游前”的精准化营销与规划服务。依托人工智能大数据分析技术与视频通信云技术，实时监控状况与服务质量，提高服务的效率、质量；建立实时景区信息发布与预测预警机制，预警客流并及时处理突发事件，提高景区的应急管理能力。同时，利用现代科技，“游后”的数据分析效率显著提高。通过微博、微信、论坛、App 等媒介增强与游客互动，可引导游客对景区、交通、餐饮、住宿等进行评价，拓宽游客反馈渠道，及时处理旅游消费中的投诉问题。通过建立游客评价大数据库，利用数据分析、结构优化方法改善“食、住、行、游、购、娱”六个方面存在的问题，可为进一步提高服务质量、满足游客需求提供数据支撑。现代科技在整合开发旅游资源、服务旅游精准营销、实现智能化管理等方面发挥了积极作用。

（三）文化资源成为旅游创新重要着力点

从区域旅游创新能力评价结果可以看出，文化资源的评价比重占到了0.083，显著高于景区等自然旅游资源。在全民出游、文旅融合的时代背景下，文化资源的开发利用成为推动旅游创新，带动旅游经济发展的重要着力点。正如中国旅游研究院院长戴斌所说，从旅游发展看，很多游客已经采取自助游、自由行的方式，渗透到当地居民的日常生活当中。文化产业可以为旅游业注入更加生动活泼、更具品质的旅游消费内容。也可以令旅游业发展有更好的价值取向，更好践行社会主义核心价值观，对推动文明旅游、提高国民素质都是有益的。从文化发展看，公共文化建设取得非常好的成果。文化馆数量超过70万个，遍布全国省、市、乡，登记在册文物超过1亿件（套），博物馆超过5000家，更有大量演艺演出、电影电视等文化产品不断出现。但正如中央所关心的，人民群众对公共文化的获得感和满意度还有待进一步提升，应让高雅艺术叫好的同时更叫座，让文化在培根铸魂、塑造社会主义核心价值观的同时，传得开、留得住，让更多人所接受。

党的十九大报告指出，“没有高度的文化自信，没有文化的繁荣兴盛，就没有中华民族伟大复兴”。满足人民过上美好生活的新期待，必须提供丰富的精神文化食粮。文化是旅游的灵魂，旅游是文化的载体。文化与旅游的深度融合，是增强文化自信，统筹文化事业、文化产业和旅游资源开发，提高国家文化旅游软实力和创新发展的有效方式。利用文化内核开发来提高旅游深度，通过项目品牌深度开发和特色文旅产业配套要素建设，走内涵式发展道路，提高旅游的文化含量、文化品位。同时旅游又对文化起到反哺作用，一个地区拥有文化旅游资源优势并不能够代表该地区同样具有旅游产业与文化产业的优势。要通过旅游业态的发展，创新方式方法，展现时代文化，形成产业优势。“文化 + 旅游”为旅游和公共文化建设提供了一个双赢的机会。让旅游带有文化味道，让公共文化在行走中实现增值、创新，是文化和旅游双赢的连接点。

三、游客视角的旅游城市创新感知

旅游创新效果的好坏需要经过市场的检验，游客视角的创新体验和评价是检验旅游目的地创新成效的重要标杆。中国旅游研究院（文化和旅游部数据中心）利用自主调研平台对国内 60 个主要旅游城市（见附表）进行了创新满意度专项调查，收集有效样本 14428 份进行分析，旨在从需求侧研究当前城市旅游创新的亮点、不足和未来改进的方向。

（一）旅游创新初见成效，游客反馈映射未来方向

在针对行业创新是否提升旅游体验的调查中，对于 2019 年旅游行业的创新实践，53.5% 的受访者表示效果显著，35.6% 的受访者表示效果一般，11% 的受访者表示没有什么效果。调查数据反映出当前文旅行业的创新尝试初见成效，但创新效果并没有达到预期，未

来仍有改进空间。针对游客对旅游创新的感知不明显问题，专项调查专门进行了旅游痛点分析。43.4% 的受访者表示旅游创新后价格过高，难以接受；38.3% 的受访者表示旅游创新模式过于复杂影响体验；33.6% 的受访者表示并不知道有哪些创新，还有 26.4% 的受访者表示创新徒有概念，换汤不换药，认为创新还不够全面的受访者有 17.5%。通过上述数据可以看出，旅游创新未来还需在提高性价比、优化商业模式、加强创新宣传传播等方面加大改进力度。

（二）景区和住宿创新感受最为强烈

在对 2019 年旅游创新的游客调查中，59.7% 的受访者感受到了景区创新，47.2% 的受访者感受到了住宿创新，餐饮、交通、购物、娱乐创新占比分别为 22.6%、22.6%、11.2% 和 8.6%（图 3–1）。

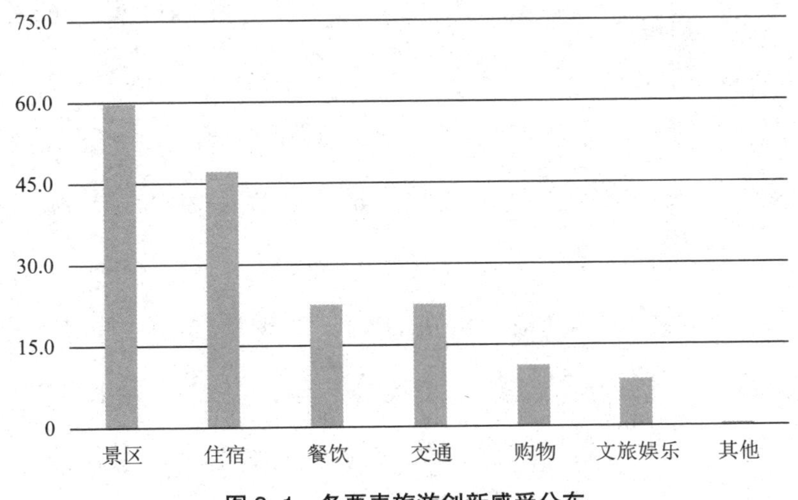

图 3–1 各要素旅游创新感受分布

2019年，国内大、小景区积极探索旅游景区经营管理模式、景区产品开发等方面的创新，在充分开发旅游景区资源的基础上，促进经营管理效率的提升，为游客提供质量更高的旅游服务。一方面，虚拟技术（VR、AR等）、5G、短视频分享等科技与景区融合日益紧密，游客体验和景区智能化管理水平显著提升；另一方面，以文促旅、以旅彰文的政策导向下，景区注重文化内涵开发，景区IP打造向特色化、精细化方向发展，通过短视频等传播效应，景区创新的游客感知度显著提升。随着旅游景区管理的日益规范和景区评定标准的不断提高，各地景区若想达到5A标准，必须高度重视智慧景区的建设。未来的5A景区，应在景区Wi-Fi全覆盖、电子门票系统、景区旅游安全预警、旅游电子商务、智慧旅游营销等内容方面实现突破。时下，借助科技增加旅游消费的模式正在出行领域兴起。从新兴公司到互联网巨头，多家公司接连推出智慧旅游、智能旅行、智慧景区相关产品，以此布局出游消费的智慧升级。飞猪计划三年内落地1000家未来景区计划，实现智能票务、景区大脑、智慧导航、旅游新零售等战略。初创公司快盈科技近日完成了千万Pre-A融资。快盈以移动支付为切入点，为景区提供智慧旅游解决方案，实现景区小程序线上购物、自助购票、智慧停车等服务。2019年，品质化消费诉求日益突出，旅游住宿业空间不断扩大。酒店业业态不断丰富，定位越来越清晰，细分业态进一步明晰，市场布局进一步优化。继星级酒店、经济型酒店、租赁式公寓、中端连锁等业态逐步成熟之后，新热点不断涌现和发展，酒店业向大住宿业转型的结构将逐步成熟完善。随着大众旅游时代的到来，分散的、小众的住宿需求已经汇集成了集中的、规模化的住宿市场。民宿在创意设计、规范管理、多方位服务等方面持续优化，旅游住宿业迈入高质量发展阶段。

（三）科技创新最受关注，信息和服务提升显著

在对旅游创新的着力点调查中，依靠科技和文旅融合的比重最高，分别为46.8%和46.4%，跨界资本、政策引导、企业家创新分别占比30.7%、24.2%和15.5%。科技对旅游创新的效应在供给侧和需求侧都得到了广泛认可和关注，预计未来科技与旅游的融合将继续向深广发展，文旅数字经济将迎来广阔空间。受访者对文旅融合的期待也反映出广大人民对品质旅游和美好生活的向往。2019年全国各地积极推动文旅融合，发掘旅游目的地文化内涵，改善公共文化生活环境，未来文旅融合仍将持续深化，创造主客共享的美好生活新空间。

在旅游创新积极效应的调查中，34.3%的受访者表示旅游创新显著改善了服务，享受到了贴心全面的旅行服务，28.1%的受访者表示旅游创新让信息搜索效率提高，旅游信息更加丰富且易于检索，25.5%的受访者表示旅游创新让自己有了新玩法和新去处，11.9%的受访者受益于创新降低了旅行成本。旅游大数据等

技术应用，为旅游企业、研究机构和政府管理部门提供了更精准的游客画像，游客的基本属性、行为偏好、旅游评价、信息推介等信息得到了快速、准确、全面的整合和推送，旅游企业可以将自有产品进行精准推送并依据游客评价及时改进，研究机构可以更好研判市场需求，政府管理部门服务人民的工作有了更有效的改进依据和抓手。借助于旅游科技创新，游客的服务体验和信息搜寻体验得到了显著提升，行程安排有了更多元、个性化的选择。

（四）创新感知整体较好，未来仍需多领域发力

本次专项调查还对 60 个旅游城市（参见附表）的创新满意度进行评价，评价指标包括：城市新标签、综合服务提升、景区景点创新、餐饮创新等 12 个细化指标（图 3–2），以 10 分为满分标准由参与调查人员进行逐项打分，得出 60 个旅游城市的旅游创新综合满意度。最终得出旅游创新满意度排名前十位（排名不分先后）的城市为：珠海、北京、上海、沈阳、长春、无锡、青岛、重庆、秦皇岛、南京。

在对未来旅游创新发力点的调查中，受访者对旅游景区、住宿、餐饮、交通、购物、文旅娱乐等方面具有很高期待。在对具体创新指标的评价中，受访者对于打造城市新标签、景区创新、服务质量提高、居民态度改善的效果评价较高，对文化娱乐、餐

饮、住宿、交通、投诉解决、旅行社、消费价格的评价居中，对购物创新评价偏低。旅游创新任重道远，但未来可期。

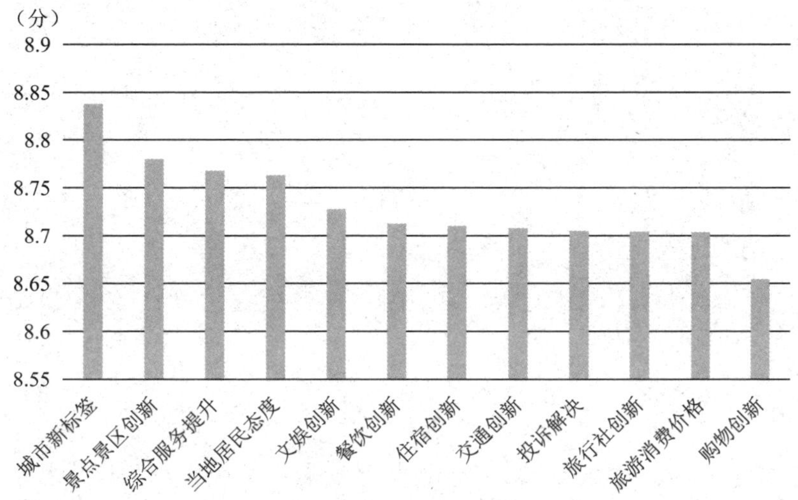

图 3-2 未来旅游创新发力点分布

第四章

时尚科技领衔 IP 活化，新零售助力价值变现

一、文化IP推动旅游品质升级

（一）博物馆文创IP活化历史

博物馆是传承人类文明的重要载体。从17世纪至近现代公共博物馆的出现，公共博物馆发挥着越来越重要的社会教育功能，成为传承人类文明的重要载体以及国家形象的展示平台。随着文旅融合的不断渗入和文化消费的持续升级，博物馆在社会中的角色也在不断转变，以观众为中心，强调互动性，提高灵活性、适应性以及流动性逐渐成为工作的常态。如今，各种类型、各种规模的博物馆在世界各地展示着不同的人文地理及文化内涵，作为人类文明成果的保护以及传播的空间，作为社会文明进步的重要标志，作为一个国家或某一地区的文化名片，博物馆在漫长的发展历程中，逐渐演变成多职能的文化复合体。①

当人民对精神生活特别是文化体验的需求不断增加时，博物馆便不再是游离于现实时空之外的文化记忆封存之地。博物馆在当代社会中的作用正在发生变化，在不断变化的社会、经济和政治环境中，曾经我们意识中静态的博物馆正在得以改变，成为互

① 博物馆：传统的未来．中国日报网，2019-05-27.

动的、关注观众文化所需的文化中心。目前，国内博物馆都在积极尝试革新，努力在更大的范围、更多的时间展示更多的历史和文化。在这一过程中，博物馆文创表现抢眼。清华大学文化经济研究院和天猫联合发布的《2019博物馆文创产品市场数据报告》显示，近年来，我国博物馆文创市场呈现高速增长态势。2019年整体规模相比2017年增长了3倍。除却已广为人知的故宫文创，其他博物馆也在独辟蹊径进行文创设计、开发和运营。地处拙政园、狮子林，由一代建筑大师贝聿铭设计的苏州博物馆，其文创商品也正如建筑一样，体现了新与旧、古典与创新。围绕着“吴门四家”开发的明信片、笔记本、手机壳、书签、文件夹等，自成特色，也十分实用。“秘色瓷莲花碗曲奇”设计原型来自苏博文创的镇馆之宝《秘色瓷莲花碗》，外形模仿到极致，抹茶的口味和颜值高到舍不得吃，从此打开了“舌尖上的博物馆”之门。台北故宫博物院通过图像授权、合作开发、品牌授权、出版品授权等进行研发设计，并和90多家本土及国际知名机构展开合作，2013年文创部分的收入就达到了9亿元新台币。2019年在北京今日美术馆举行的首届天猫新文创大会上，小巧可爱的大秦勇士星钻积木，隽秀清雅的秋兴八景图笔墨套装，飘逸华美的敦煌壁画图案丝巾……多家文博机构展出的文创产品设计感十足，吸引了许多人观赏、拍照。越来越多的消费者喜欢在网上购买文创产品，文创已成为连接博物馆与年轻人的新方式。博物馆文创在不断探索文化的新价值并赋予其新生机，尝试加强博物馆与受众的有效联系，致力于将新的创造连同文化本身代代传承，续写未来。未来也必然随着博物馆扮演文化枢纽的角色日益成熟，不断寻觅新的方式展示其历史以及文化遗产，借以创造对后代具有新意义的传统。

（二）非遗 IP 产业链粗具规模

新媒体时代，非物质文化遗产得到了更多的传播和关注，非遗 IP 为文化旅游提供了新的素材和玩法。非遗大多分布于我们周围，在一个普通的村落，一个平常的街道，有许多非遗项目散落在民间，没有人挖掘整理就可能绝迹，经过深入挖掘、系统整理后，这些项目便可能大放异彩，成为新的地方文化名片。非遗 IP 化发展成为推动文化资源丰富、实现非遗产业化发展的重要路径。以实景演出《印象·刘三姐》为例，10 余年间常演不衰，观众超过 1200 万人次，获得了可观的经济收益。演出把刘三姐的经典山歌、壮族民间风俗、生产生活方式等非遗元素组合创新，借助现代科技手段增强舞台效果，带给观众视听冲击。2019 年第七届中国成都国际非物质文化遗产节上，来自全球 86 个国家和地区的 1100 余个非遗项目、5600 余名代表参会，共举办各类活动 540 余场。聚焦非遗符号的授权和转化，“中国非遗创意设计作品授权展”现场 53 家参展方（IP 版权方）拿出了 300 多个授权元素，被授权方则涵盖了酒店、餐饮、鞋服、家居等品类供应商 100 余家。

经过四天的版权授权洽谈，参展的 53 家 IP 版权方通过与被授权方对口洽谈，现场成功对接项目 70 余个，签约金额约 3450 万元。非遗授权激发了各级非遗代表性传承人和文博、文创单位精益求精，不断潜心钻研非遗技艺，推陈出新，创造出更受市场认可的非遗产品的热情。被授权方也可以将非遗符号用于提升自身产品的审美品位和文化内涵，创造出更符合当代受众偏好的终端产品，实现授权方与被授权方的双赢。IP 化发展将是推动文化资源丰富、实现非遗产业化发展的重要路径，推动非遗由文化“遗产”变成文化“财产”，“文化资源”变成“文化资产”。基于非物质文化遗产而来的文化符号通过创意设计与艺术授权，实现了文化资源向经济资源的转换，推动了非遗传承人，非遗企业、设计师对传统文化进行现代表达，对于中华优秀传统文化创造性转化、创新性发展具有积极的推动作用。

（三）新零售助力文化 IP 变现

新零售（New Retailing），是个人、企业以互联网为依托，通过运用大数据、人工智能等先进技术手段并运用心理学知识，对商品的生产、流通与销售过程进行升级改造，进而重塑业态结构与生态圈，并对线上服务、线下体验以及现代物流进行深度融合的零售新模式。未来电子商务平台即将消失，线上线下和物流结合在一起才会产生新零售。线上是指云平台，线下是指销售门店或生产商，新物流消灭库存，减少囤货量。在博物馆文创、非物质文化遗产等文化 IP 的产业化运营中，新零售发挥了至关重要的作用。可以说，基于天猫、淘宝等电商平台运营的文化 IP 新零售已成为当下主流的商业模式。过去遥远而严肃的博物馆打起了创意牌，从衍生品设计到销售平台的改变，静态的文物被赋予了潮流的思维，“藏品”变成“商品”，以新零售的形式垂直连接客户端。2018 年起，全球博物馆出现“集体上天猫潮”。英国大英博物馆是第一个进驻天猫的海外博物馆，入驻天猫刚满 1 年即吸引了超过 70 万粉丝；仅仅 16 天，在天猫首发的所有商品就全部售罄。据了解，位列世界四大博物馆之一的俄罗斯艾尔米塔什博物馆、美国波士顿艺术博物馆、荷兰梵·高博物馆、法国国家博物馆联盟等多家博物馆也即将入驻天猫。《2018 年天猫博物馆文创数据报告》显示，全球共有 11 家博物馆官方正式进驻天猫，其中故宫是绝对的人气王，在 2018 年天猫 618 前，它的年访问量就已突破 6000 万人次，是故宫博物院参观人数（1700 万）的 3 倍多。截止到 2018 年 12 月，故宫文化创意产品研发超过 1.1 万件，文创产品收入高达 15 亿元。

《新文创消费趋势报告》显示，近两年电商平台文创产品成交规模爆发式增长，淘宝、天猫平台 2019 年的成交规模相比 2017 年增长了 3 倍。过去一年，淘宝、天猫博物馆旗舰店的累计访问量达到 16 亿人次，是全国博物馆线下接待人次的 1.5 倍，其中有 1 亿用户是“90后”。数据表明，上网买文创已成为年轻人的消费新趋势。目前，出于对行业发展趋势的看好，阿里、腾讯、百度等互联网巨头都在积极进入文博领域。互联网能够把更多的场景和博物馆的历史文化背景相融合，丰富数字生活内容。对博物馆来说，也是有力的引流措施，同时能给用户带来更生动多彩的体验。

二、科技、时尚多元素融入IP

旅游IP的设计、开发和运营属于旅游创新的重要组成，旅游IP的发展同样离不开科技的推动。在文旅融合的大背景下，科技创新为文旅产业转型升级提供了新的战略方向，同时催生出一批文旅新业态，来满足用户日益多样化和深度体验化的消费需求。由驴妈妈旅游联合穿越火线共同举办的“城市电竞文化旅游合作发布会”在上海召开。会上，驴妈妈与腾讯游戏双方以经典电竞产品《穿越火线》为创新主体，以穿越火线重要的电竞赛事节点“2019火线盛典”为契机，在电竞之都——“上海”共同推出了国内首个电竞城市文旅项目。

时尚元素是打造旅游IP吸引力的重要组成。近年来，时尚、奢侈品牌跨界进入旅游领域，经营酒店、餐饮等日益增加。通过开设酒店，创造全新的空间，奢侈品牌和时尚品牌能够将各自的品牌影响力扩展到更广阔的领域。随着顾客愈加年轻化，交通愈加便捷，时尚和奢侈品牌名下的酒店在提供传统的酒店服务之外，还需要从更多不同维度，为顾客打造更为独特的体验，形成独特的时尚 IP。2019 年，ZMAX 潮漫酒店首届酒廊文化节在酒文化历史浓厚的夏都西宁开启狂欢模式。首届 ZMAX 潮漫酒店的酒廊文化节以“欢饮 DRINK IN FUN”为主题，不仅汇集了酒店业界代表、品酒爱好者代表、媒体代表等来自全国潮流界的大咖，众多来自潮漫酒廊全球甄选的酒类，潮漫酒廊新品，精彩纷呈的潮流演出，还集合了潮流互动、品酒会、潮流 PARTY。2018 年，瑞士奢华腕表品牌 Audemars Piguet（爱彼）宣布与哥本哈根建筑事务所 Bjarke Ingels Group 合作，打造品牌的首家酒店，Audemars Piguet 将酒店的选址定在了制表总部——瑞士汝拉山谷，这里既有爱彼的总部，也有它的制表车间，顾客来到这里还可以去参观爱彼的钟表博物馆。2019 年 4 月，继深圳、北京之后，日本生活方式品牌无印良品（MUJI）的首家日本酒店正式开业，内部设计充满了品牌文化，包括餐厅 MUJI Dinner、烘焙坊、酒吧 Salon、休息厅、工坊 Atelier MUJI、图书馆 Library 、艺术品画廊等空间，正如无印良品社长松崎晓曾说的“旅行是日常生活的延伸。”

三、短视频传播扩大文旅 IP 效应

全民旅游时代，通过或精美、或创意的短视频，分享旅途美

丽瞬间成为越来越多国民出游的常态。文旅融合背景下，短视频通过多元化视角，推送了丰富多彩的文化休闲场所和旅游打卡地。当传统的景点景区已经无法满足游客体验异地生活的需求，抖音、快手等短视频帮助游客在传统的旅游目的地发现新的兴趣点，在生活周边推送精品文化休闲地，短视频成为传播旅游热点、扩大旅游 IP 效应的重要工具。

（一）流量传播推送城市新地标

短视频的流量和传播优势可推动文旅 IP 成为城市新地标。城市文化旅游供给在不断完善，供给质量需要市场的检验。酒香也怕巷子深，城市在打造综合目的地、完善文旅产品的成果不被世人所知，需要有效的媒介来推广。旅游 IP 是否贴合本土特色，是否迎合公众需求？在移动互联网时代，要让网民了解一个全新的城市，肯定需要一款技术上足够先进、形式上足够新颖、操作上足够便捷的传播工具。以抖音为例，马蜂窝旅游网发布《2018 年五一出行趋势报告》显示，重庆洪崖洞成为新晋网红景点，热度跃升全国第二，仅次于故宫。重庆市旅游委员会发布旅游大数据显示，洪崖洞游客突破 14 万人次。火爆的不仅是洪崖洞，重庆磁器口古镇、解放碑、朝天门、长江索道等也成为抖友蹭热度的旅游目的地。据统计，重庆“五一”三天共接待游客 1735.75 万人次，同比增长 21.6%。西安是抖音上仅次于重庆的旅游目的地。听着《西安人的歌》去永兴坊喝酒摔碗释放心中的英雄气概，穿越时空与兵马俑一起跳舞领略秦史的韵味，穿汉服逛汉城湖梦回汉长安，成为抖友西安之行的“打卡”方式。一首独属西安的“陕派摇滚”，带火了千年古城的美景、美食。

（二）拓展乡村文化传播空间

在传统传播环境中，大城市因为人口更多，拥有更多资源，所以更容易打响自己的知名度。而有些小景点有着独特的历史文化底蕴，却往往鲜有人知。在甘肃，兰州民间灶火习俗中的太平鼓，在视频中铿锵震动。在河南，“中国画虎第一村”王公庄村，300 多人通过短视频直播销售画作。在山东，20 年“艺龄”淄博农民李先鹏，在高达 1400℃的炉前制琉璃的视频走红，并“在线收徒”。在四川，藏家姑娘迷藏卓玛，带女儿挖虫草采松茸，成为“农民网红”登上央视。江西农民蒋金春扮成“鲁智深”，展示乡村原生态文化，带领村民销售农产品。抖音的崛起为一些这样小而美的乡村小城镇带来了更大的舞台，越来越多的小城市、小地方也通过抖音向世界展现了独特的风景、文化，打响了自己的知名度。当宏村、婺源越发拥挤，周庄、乌镇越来越商业化时，抖音视角下的中国最美乡村浙江丽水松阳走进了人们的视野，延续了最古老、传统的乡村生活。在传统乡土社会中，由于传播手段的局限与约束，乡土文化只能在特定的文化群体范围内进行传播，现代传媒冲破了时间与空间所构建的文化“牢笼”，有利于乡土文化互相学习交流，实现创新发展。而移动互联网时代，借助多样媒介形式搭建的平台，插秧、养殖、山歌、说书、皮影、快板、剪纸等农村文化传统中的生产生活方式、风俗民俗等跨越时空的限制，多种类形态的乡土文化相互交流、碰撞和学习。“新农人”的文化主体性被唤醒，乡村文化传播的空间转场也带来了新的话语建构。

四、典型旅游 IP 评价及 2019 年度排名

中国旅游研究院和驴妈妈旅游网联合实验室基于驴妈妈旅游网 IP 旅游销售数据、美团等发布数据，综合驴妈妈平台订单量、好评率等指标构建评价模型，数据采集周期为 2018 年 11 月初至 2019 年 11 月初，评价范围是科技旅游景区、红色旅游景区、研学旅游景区和美宿 IP。通过评价分析，得出了 2019 年不同类型 IP 排名（表 4–1）。

表 4–1　2019 年旅游 IP 年度排名

科技旅游景区 TOP10	红色旅游景区 TOP10
长隆度假区	常熟沙家浜
常州中华恐龙园	大别山
都江堰	古田会议会址

续表

科技旅游景区 TOP10	红色旅游景区 TOP10
方特集团	嘉兴南湖
杭州宋城集团	井冈山
横店影视城	慕田峪
黄山风景区	南岳衡山
欢乐谷集团	台儿庄古城
融创文旅集团	延安保卫战遗址
上海迪士尼乐园	南京总统府

研学旅游景区 TOP10	美宿 TOP10
东方明珠	常州云中部落度假村
海昌集团	德清开元森泊度假酒店
杭州长乔极地海洋公园	大连金石滩鲁能希尔顿度假酒店
灵山胜境 & 拈花湾 & 尼山胜境 & 兴汉胜境	广州长隆熊猫酒店
柳州卡乐星球 & 柳州克里湾水乐园	惠州龙门南昆山云顶温泉度假村
麦积山	溧阳天目湖南山竹海御水温泉度假酒店
秦始皇帝陵博物院	上海海昌海洋公园主题度假酒店
天目湖	青岛红树林度假世界
万达集团	帐篷客安吉溪龙茶谷度假酒店
雁栖湖	珠海长隆横琴湾酒店（海洋王国店）

（一）年度科技旅游景区 IP TOP10

科普旅游是把科普和旅游结合，在游玩过程中接受科学、自然及人文知识的旅游业态。目前，我国各地均有着丰富且类型多样化的科普旅游资源，主要包括现代科技园区、科技馆、动植物园、海洋馆、博物馆及古建文物遗址等。随着亲子游的日益火热，科普类旅游景区也越来越受到家长孩子们的欢迎。根据驴妈妈旅游网销售数据，综合订单量和好评率，评选出科技旅游景区 IP Top10。分别为：长隆度假区、常州中华恐龙园、都江堰、方特集团、杭州宋城集团、横店影视城、黄山风景区、欢乐谷集团、融创文旅集团、上海迪士尼乐园（按音序排序），以下重点介绍其中的几个景区。

1. 长隆度假区

长隆度假区集主题公园、豪华酒店、商务会展、餐饮及娱乐休闲等营运于一体，旗下包含广州长隆度假区和珠海长隆度假区。两个旅游度假区每年营收约 30 亿元，其中门票收入高达 20 亿元。广州长隆度假区是长隆集团旗下综合性主题旅游度假区，拥有长隆野生动物世界、长隆欢乐世界、长隆水上乐园、长隆国际大马戏、长隆酒店、熊猫酒店和长隆飞鸟乐园等多家主题公园及酒店，是中国拥有主题公园数量众多和超大规模的综合性主题旅游度假区，先后被评为“文化产业示范基地”“科普教育基地”5A 级景区，年接待游客连续多年超过千万人次，位居主题景区前列。而作为全球最大的海洋主题公园，珠海长隆海洋王国在业界拥有多项世界或行业之最，创造了七项世界纪录，全球首创珍贵动物展区与大型游乐设施相结合的独特设计，全面整合珍稀的极地和海洋动物、顶级的游乐设备以及花车大巡游、烟花汇演《海洋保卫战》等精彩的大型演艺，吸引了海内外不同年龄层的游客，成为全球主题乐园的新典范。据全球主题娱乐协会 TEA 的权威数据显示，2018 年，珠海长隆海洋王国入园游客保持两位数的稳定增幅，继续上榜全球 20 大主题公园排行榜，全年接待游客数量首次突破 1000 万，稳踞中国民族旅游品牌第一主题乐园位置，备受全球游客的欢迎和喜爱。

2. 横店影视城

横店影视城是全球规模最大的影视拍摄基地，是国家 5A 级旅游风景区，是中国规模最大的影视体验主题公园，是中国唯一的国家级影视产业实验区，是拥有 20 场大型演艺秀的中国旅游演艺之都。横店影视城现已建成广州街·香港街、明清宫苑、秦王宫、清明上河图、梦幻谷江南水乡、明清民居博览城、华夏文化园、屏岩洞府、大智禅寺、民国街、春秋园、唐宫等 30 多座大型实景基地，全国大约有 2/3 的作品在横店影视城取景拍摄。截至 2019 年 8 月，已有 2500 余部影视剧在这里诞生，横店影视城已成为国内拍摄影视剧最多，国外影视大片竞相取景的影视拍摄基地。2002 年起，横店抓住机遇，正式将影视城拍摄地打造为影视旅游景区，以影视文化为核心，推出了不少旅游特色项目。在横店影视城 30 多个实景拍摄基地，游客不仅可以变装拍照，还可以吊上威亚，体验当一回飞檐走壁的“大侠”，也可以体验演戏的感觉，录制一段以自己为主角的影像。独特的影视文化资源吸引着来自全国各地的游客。2018 年，横店共接待游客 1900 余万人次，2019 年国庆黄金周共接待游客 89 万人次，同比增长 20%。

3. 常州中华恐龙园

中华恐龙园是一座集科普、游乐、演艺等于一体的恐龙主题乐园。园区现有七大主题区域、50 多个极限游乐项目、每天十多场各种风格的主题演出，其年报显示，2018 年中华恐龙园全年营收 5.8 亿元，同比增长 13.04%。2019 年 9 月，国内首个超大型侏罗纪实景体验基地落户常州中华恐龙园，即常州中华恐龙园的全新区域“恐龙基因研究中心”开始运营。“恐龙基因研究中心”是常州中华恐龙园融合多项国际尖端技术，耗费三年时间打造的集科普、探险、科技、观影、休闲等元素为一体的国内首个超大型科技类恐龙主题体验项目。“恐龙基因研究中心”分为基因成果展示区和古生态雨林复原区两大区块，把原始与文明这两个对立因素完美地融合在了一起，并拥有一个完整的剧情背景。游客在极度真实的场景带动之下，将会自然地代入剧情故事之中，沉浸在恐龙的世界里。作为国内首个等候区场景化、科普化体验项目，同时也是国内 walk through/busride 双重游览模式的首创地，“恐龙基因研究中心”打造了一个与众不同的“排队等候区”。这里没有单纯意义的排队，整个排队区域都属于游览区域，让游客第一次不再抗拒排队，并乐在其中。随着场景的推进，游客将会一一游览资料室、监控室以及各类科研实验室，亲身观察人类通过基因技术研究、复活、孵化、培育恐龙的过程，以及大型克隆器皿对史前昆虫、恐龙以及远古巨型植物进行克隆培养。同时还能对生命科学研究和基因克隆技术有一个初步的了解，是一次极佳的富有趣味的科普体验。

（二）年度红色旅游景区 IP TOP10

壮丽七十年，奋斗新时代，在爱国热情带动下，红色旅游成为 2019 年旅游市场热点。近年来，国内游客对旅游目的地的历史内涵愈发重视，这一趋势对红色旅游的发展起到了积极的促进作用。日益兴起的研学旅行也让大批青少年来到红色景区，近距离感受红色文化。一大批国内目的地正积极挖掘红色旅游资源，开展创新设计和旅游产品开发，推出了众多深受年轻游客喜爱的红色旅游产品，为市场带来了新的活力。根据驴妈妈旅游网销售数据，综合订单量和好评率，评选出红色旅游景区 IP Top10。分别为：常熟沙家浜、大别山、古田会议会址、嘉兴南湖、井冈山、慕田峪、南岳衡山、台儿庄古城、延安保卫战遗址、南京总统府

（按音序排序），以下重点介绍其中几个景区。

1. 慕田峪

慕田峪长城全长 5400 米，是中国目前最长的长城，也是著名的北京十六景之一，国家 5A 级旅游区，在中外享有“万里长城，慕田峪独秀”的美誉。景区中设有国内一流的登城缆车，开发了中华梦石城、施必得滑道等项目，形成了长城文化、石文化和体育健身娱乐的有机结合。2018 年全球领先的旅游规划和预订平台猫途鹰公布的 2018 年“旅行者之选”全球最佳地标景点榜单中，慕田峪长城荣获中国榜单第一名，同时也再次成为唯一入选全球榜单的中国景点。近年来，北京慕田峪长城旅游服务有限公司面向市场“以活动造话题，以文化赢关注”“中瑞旅游年——瑞士联邦主席登长城”“超级拳王长城行”暨世界拳王争霸赛称重仪式等高品位、国际性旅游文化活动先后举办，助力长城国际越野赛、长城马拉松等体育赛事，引起社会各界的关注。开展全国长城摄影展、长城古风文化节等活动，传播长城文化、弘扬民族精神。在清明、端午、中秋等传统节日邀请游客体验皮影、舞龙舞狮等民俗文化活动，得到了广大游客的热情参与，景区品牌效应持续提升。慕田峪长城旅游服务公司相关负责人介绍，现在慕田峪长城年接待游客可达 140 万人次，其中外国游客近 40%。

2. 台儿庄古城

台儿庄古城被世人誉为“中华民族扬威不屈之地”，有 53 处战争遗迹保存完好，拥有京杭运河唯一一处古驳岸、古码头等水工遗存完整的 6 华里古运河，被世界旅游组织称为“活着的古运河”，城内拥有 18 个汪塘和 30 华里的水街水巷，汇聚了数百个国家级非物质文化遗产项目。台儿庄古城包括 11 个功能分区、8 大景区和 29 个景点，自 2010 年开放以来，荣膺“齐鲁文化新地标”榜首、中国旅游创新奖等称号，成为全国首个海峡两岸交流基地、首个国家文化遗产公园、首个国家非物质文化遗产博览园、国家级文化产业试验园区、国家版权贸易基地及“首批创造未来文化遗产”。2019 年黄金周假期期间，景区举办了以“红色记忆、非遗献礼”为主题的系列演出活动，大型柳琴戏《芳林嫂》、火龙钢花，竹马会、舞龙舞狮、鲁南皮影戏、山东琴书等非遗演出令人大饱眼福。更有月光奇宝兔展在海棠大道举办，深受小朋友的喜爱，据统计，台儿庄古城国庆期间共接待游客 51.2 万人次。

3. 南京总统府

具有 600 年历史的南京总统府有三个参观区域：中区（中轴线）主要有国民政府、总统府及所属机构；西区有孙中山临时大总统办公室、秘书处、西花园、孙中山起居室以及参谋本部等；东区主要有行政院、陶林二公祠、马厩和东花园等。在三个参观区域中，又分布着总统府文物史料、孙中山与南京临时政府、太平天国、清两江总督署等十多个文物史料和复原陈列。总统府以诸多保存完好的近代中西建筑遗存、国内独一无二且厚重的历史文化氛围、珍贵的文物和史料、风景优美的自然环境著称。据统计，2019 年国庆黄金周总统府共接待游客 15.8 万人次。

（三）年度研学旅游景区 IP TOP10

相比欧美发达国家，我国研学市场起步较晚，但市场需求很旺盛，发展速度也比较快。中国旅游研究院在 2017 年曾联合发布《中国研学旅行发展报告》，提出未来 3~5 年，研学旅行的学校渗透率将迅速提升，研学旅行市场总体规模将超千亿元，成为旅游业市场新蓝海。根据驴妈妈旅游网销售数据，综合订单量和好评率，评选出研学旅游景区 IP Top10。分别为：东方明珠、海昌集团、杭州长乔极地海洋公园、灵山胜境 & 拈花湾 & 尼山胜境 & 兴汉胜境、柳州卡乐星球 & 柳州克里湾水乐园、麦积山、秦始皇帝陵博物院、天目湖、万达集团、雁栖湖（按音序排序），以下重点介绍其中几个景区。

1. 东方明珠

上海东方明珠广播电视塔坐落在上海浦东新区黄浦江畔，与外滩的万国建筑博览群交相辉映。可尽情饱览国际大都市的壮观景色。高 468 米，亚洲第一，世界第三。东方明珠塔内有 351 米太空舱观光层、263 米主观光层、259 米全透明悬空观光廊、95 米高空 VR 过山车、78 米环动多媒体秀。东方明珠塔内的上海历史博物馆，是专门介绍上海近百年来发展史的史志性博物馆。通过珍贵的文物、文献、档案、图片，以先进的影视和音响设备，形象生动地反映近代上海城市发展的历史。馆内陈列分国中之国的租界、旧上海市政建设和街景、近代城市经济、近代文化、都市生活、政治风云六大部分，全面地展示了上海在政治、经济、文化、社会、生活等各方面的深刻变化，成为近年来国内研学的热门地点之一，2019 年先后接待了天立教育、东阳市幼教、洛阳市第二实验中学、新疆克青孜青少年和晋中市中小学等数十个研学旅行团。

2. 杭州长乔极地海洋公园

杭州长乔极地海洋公园是一个集极地动物、海洋生物展示、表演，以及景观体验于一体的大型海洋主题公园，拥有 19 大主题特色展区，5 大表演剧场及 5 大主题餐厅。游客在园区可欣赏到北极熊、企鹅等种类繁多的极地动物，以及白鲸、领航鲸、海豚、海象、海狮等大型海洋哺乳动物，更有海龟、鲨鱼、魔鬼鱼、海马、水母、珊瑚等上千个品种的海洋生物，以及树懒、羊驼、矮马等陆生生物，在一天内实现从南极到北极，从陆地到海洋的跨越，领略极地海洋的风光，探索自然万物的奥秘。自 2008 年建成开放以来，杭州长乔极地海洋公园运营良好、业绩突出，游客接待人数和营收逐年增长，并于 2011 年正式被评定为国家 4A 级旅游景区。2017 年，公园共接待游客 52.7 万人，实现营收 1.2 亿元，成为萧山旅游的一块招牌。2019 年入选杭州市中小学生研学旅行基地。2019 年暑假，杭州长乔极地海洋公园开展了两大驯养师体验（海豚驯养师、白鲸驯养师）、七大科普研学（企鹅科普研学、白鲸科普研学、海豚科普研学、北极熊科普研学、水母科普研学、海星科普研学、极诺科普研学）、海底隧道夜宿和两天一夜夏令营 11 个活动。

3. 秦始皇帝陵博物院

秦兵马俑坑发现于 1974 年，被誉为“世界第八大奇迹”“二十世纪考古史上的伟大发现之一”。三个兵马俑坑成品字形排列，总面积 2 万多平方米，坑内放置与真人真马一般大小的陶俑、陶马 7000 余件，具有很高的艺术价值，先后获得首批“国家一级博物馆”“国家考古遗址公园”、“国家 5A 级景区” 等荣誉，被评为“全国文明单位”“全国爱国主义教育示范基地先进单位”，并开设秦陶俑手工制作体验基地，游客可亲手制作秦兵马俑以留作纪念，传承艺术，是国内研学首选目的地之一。例如：2019 年 3 月，北京市第八十中学 60 余名师生在秦始皇陵兵马俑开启了一场穿越古都西安的研学之旅；2019 年 5 月，兰州千名学生来秦始皇陵兵马俑参加西安研学活动；2019 年 7 月，高邮外国语学校八年级的学生前往秦始皇陵兵马俑，了解兵马俑的布局，感受“秦王扫六合”

的恢宏气势，学习大秦文化，了解大秦帝国的纵横、裂变、崛起，并体会秦朝的多样文化与墓葬制度。

（四）年度美宿 IP TOP10

2019 年，在科技、文化、时尚等多要素加持下，旅游住宿 IP 获得了更广阔的发展空间，酒店、民宿都在设计、运营、服务等多方面打造特色 IP 产品。根据驴妈妈旅游网销售数据，综合订单量和好评率，评选出美宿 IP Top10。分别为：常州云中部落度假村、德清开元森泊度假酒店、大连金石滩鲁能希尔顿度假酒店、广州长隆熊猫酒店、惠州龙门南昆山云顶温泉度假村、溧阳天目湖南山竹海御水温泉度假酒店、上海海昌海洋公园主题度假酒店、青岛红树林度假世界、帐篷客安吉溪龙茶谷度假酒店、珠海长隆横琴湾酒店（海洋王国店）（按音序排序），以下重点介绍其中几个美宿。

1. 帐篷客安吉溪龙茶谷度假酒店

帐篷客安吉溪龙茶谷度假酒店位于云雾缭绕的安吉万亩茶林间，清雅的徽派建筑，浓墨重彩宛如一幅江南水墨画。由远及近，几十顶白色帐篷慢慢显现，绽放在茶园之上，一望无际的绿色茶田如现实版绿野仙踪，所有客房都盘踞在两处湖泊周围，四周是连绵的茶园构成的天然屏障，且均以《茶经》或《楚辞》中的辞藻命名。帐篷房内部以木质结构为主要构件，以原木色为主要格调，加之超大落地门窗的设计，视野通透，外景一览无余，端庄又温暖。房间内台灯、椅子、纸巾盒等配件就地取材，选用竹制品，不仅与整个房间的格调相互统一，又与安吉中国竹乡的特征相吻合，颇有韵味。酒店开创的“景区＋帐篷露营”全新度假模式颠覆了传统的度假理念，结合特色美食餐饮、景区活动、休闲度假项目组织、户外运动配套、露营基地服务、基地购物平台等各大旅游板块。入住期间可参与帐篷客提供的露台垂钓、DIY甜点、茶园骑行、采茶、制茶、贮茶、水疗、瑜伽和冥想等丰富多彩的活动。自开业以来就在全国引起广泛关注，原国家旅游局副局长杜江、王晓峰以及联合国世界旅游组织专家先后前往考察；三次被《人民日报》点赞，又因助力安吉当地乡村振兴登陆央视《焦点访谈》《新闻联播》；多次与法拉利、古驰、美赞臣等品牌跨界合作，共同传达野奢的生活方式。帐篷客推出的“安吉三宝”，即安吉的白茶、土鸡蛋和竹笋，颇受游客喜爱，成为安吉旅游伴手礼代表之一，帐篷客安吉溪龙茶谷度假酒店又反哺黄杜村，互相推动，共创效益。

2. 惠州龙门南昆山云顶温泉度假村

惠州龙门南昆山云顶温泉度假村坐落于风景秀丽的国家4A级风景名胜区——惠州市南昆山国家森林公园东南方，景区素有“北回归线上的天然氧吧”之美誉。云顶温泉以72℃纯天然硅酸氟温泉——“美人汤”为特色，结合饮食养生、运动养生等多元化方式，为游客提供多样化的休闲养生服务，让游客既可以享受南昆山的秀美神奇，又可以在心情愉悦中获得身体康健。南昆山云顶温泉度假村以“休闲养生”为主题，打造集休闲、养生、度假为一体的综合度假区，景区资源丰富，总占地面积235亩，绿化覆盖率高达80%。惠州龙门南昆山云顶温泉度假村现拥有118个风格独特、功能各异的中医药温泉浴池，326间豪华客房，同时建有土特产超市、休闲吧、桌球室、乒乓球室、健身房、KTV、棋牌室、烧烤场、室外羽毛球场、儿童游乐区、湿地公园、立体停车场、登山健步道（在建）、养生公寓（筹备）等配套设施。

3. 上海海昌海洋公园主题度假酒店

上海海昌海洋公园主题度假酒店整体以海洋元素为设计理念，共有309间以海洋动物为主题的家庭客房及豪华套房，三个海洋主题的全日制餐厅、中餐零点和宴会厅，可以同时容纳近千人住宿和用餐，是华东地区特有的邮轮概念、海洋主题度假酒店。踏入酒店大堂，一只硕大多彩斑斓的虎鲸扑面而来，摇摆着巨尾，溅起的水花在墙面上泛起层层涟漪。两根海螺纹堂柱撑起光彩绚丽的海底世界，灵动的水母在海底游弋。阳光顺着深浅相间的蓝色镂空顶面柔软地流淌、扩散，犹如在海底望向光芒发散着的漫漫海面。酒店设有儿童乐园、海洋商店、户外露台和鳐鱼平台等多个休闲娱乐设施，住客可在其间探索海洋世界的绚丽，同时可以欣赏到机敏的海豚、可爱的企鹅、娇小的海葵鱼、多彩的珊瑚海马以及美丽的美人鱼。酒店与上海海昌海洋公园有战略合作，凡是入住海昌海洋公园度假酒店的宾客，可避开入园高峰，优享提前半小时入园，且入住当日至次日退房 12：00 前两日内可无限次进出乐园游玩，为住客增添了很多游玩福利。

第五章

IP 长效运营有待深入，产权保护仍待加强

一、旅游 IP 品牌化长效运营

正如戴斌院长所说，旅游 IP 不仅仅是网红，当一个现象级的 IP 出现后，旅游 IP 运营商不应仅仅关注短期的流量效应竭泽而渔，而是应当关注长期的收益，当一个旅游 IP 形成了爆点，引发了关注，带来了巨大的流量，运营商应当继续保持对 IP 的内容挖掘、创新设计、开发推广以及合理变现。旅游 IP 不应仅局限在热门的概念层面，将旅游 IP 向着品牌方向维护和发展，才有可能实现旅游目的地资源的持续开发和长效运营。旅游 IP 成功引发游客在文化与情感上的共鸣，旅游品牌可以让共鸣转化为更加深刻的价值认同，进而形成更具黏性的产品信任。

二、旅游 IP 文化内涵持续挖掘

文化内涵是旅游 IP 的灵魂。面对目前旅游市场多元化需求和日益激烈的竞争，旅游 IP 的持续运营需要建立在文化精髓的持续挖掘基础上，旅游 IP 不是快消品，需要持续的内容创造来延续价值。目前，文化旅游娱乐产业 IP 层出不穷，IP 成为内容生产、舆论发酵、资本落地等各环节的推助器，但 IP 变现过于急功近利。

未来旅游 IP 价值的延续应当借鉴好莱坞、迪士尼的运营模式，不断增强 IP 自我造血功能，将传统文化、新思潮、新理念融入 IP 内容创造中，不断推出具有时代特色的人物、文化或概念，保持 IP 的持久影响力。

三、旅游知识产权保护不断增强

目前大多数的旅游企业还处在 IP 的探索和初级研发阶段，很多景区对于 IP 的应用属于打擦边球的做法，当其具有 IP 故事背景或 IP 的某些要素时，仅直接将 IP 故事中的人物角色进行趣味化和动漫化演绎，在项目的场景中以各种角色出现，然后在项目的消费场所中进行IP故事的场景化还原，以及尝试开发IP创意衍生品，但是这些往往没有取得真正的 IP 授权，处于一种模糊的边缘地带。《2017 中国授权产业年度白皮书》显示，目前我国 IP 授权市场上，博物馆授权只占 2%，这就意味着大部分博物馆对于藏品物权、版权等知识产权概念不清晰，不了解藏品产权归属、版权收益内容等。旅游 IP 是排他性的知识资产，知识资产的有效持续利用需要建立在完善的知识产权保护、应用制度下。IP 授权、维护的不规范制约了旅游 IP 经济社会效应的有效发挥，未来，旅游市场主体应当共同参与到旅游知识产权的制度完善和维护当中，进一步优化版权创作、保护与运用流程，在借鉴国际有益经验的基础上，大胆探索创新相关机制、措施，拓宽版权授权视野，营造良好的旅游 IP 运营和旅游创新环境。

四、市场创新推进旅游 IP 发展

旅游市场创新与旅游 IP 发展相辅相成。一方面，旅游市场创新环境为旅游 IP 的发展壮大提供技术、制度、人才等多方面的资源支持，推动旅游 IP 的内容创造和推广维护。另一方面，旅游 IP 作为旅游创新的重要组成，丰富了旅游产品的主题和创意，提升了游客的旅游体验，为旅游创新提供更多方向，助力旅游行业高质量发展。

参考文献

［1］戴斌．旅游 & 文化 国民旅游休闲讲稿（五）［M］．北京：旅游教育出版社，2019.

［2］戴斌．文化遗产不只是繁华记忆［N］．中国文化报，2019-05-11（007）.

［3］戴斌．“网红”只是文化遗产活起来的第一步［N］．环球时报，2019-04-11（015）.

［4］宋瑞，金准，李为人，吴金梅，等．《旅游绿皮书：2018~2019 年中国旅游发展分析与预测》［M］．北京：社会科学文献出版社，2018.

［5］唐晓云．旅游业发展将迈入科技引领时代［N］．中国商报，2019-07-24（A03）.

［6］唐晓云．从互联网到物联网：旅游业的现代化进阶［J/OL］．中国旅游研究院网站，2019-05-28.

［7］周成．区域旅游创新研究：要素解构、能力评价与效率测

度［D］. 上海：华东师范大学，2018.

［8］冯学钢，周成. 区域反季旅游概念、特征与影响因素识别［J］. 东北师大学报（哲学社会科学版），2016（3）：35–41.

［9］张佳仪. 文化消费日益增长 文旅融合后劲更足［N］. 中国旅游报，2019–09–02（003）.

［10］肖绪信. 旅游供给侧改革背景下高职旅游人才培养模式创新［J］. 教育与职业，2018（24）：84–90.

［11］贾文山，石俊. 中国城市文化竞争力评价体系的构建——兼论西安文化价值的开发［J］. 西安交通大学学报（社会科学版），2019，39（5）：139–145.

［12］王佳，杨鼎寓. 中国新主流消费人群偏好品牌的创新设计——以诚品书店和故宫文创为例［J］. 河北大学学报（哲学社会科学版），2019，44（5）：110–114.

［13］冯凌. 我国旅游业科技创新特征与技术支撑体系研究［J］. 科技管理研究，2018，38（4）：117–120.

［14］李菲菲. 在线旅游企业商业模式创新动力机制研究［J］. 商业研究，2017（12）：28–34.

［15］周玉翠，邓祖涛，石军南，等. 中国世界遗产旅游目的地客源市场潜力研究［J］. 经济地理，2019，39（4）：216–222.

［16］中国旅游研究院（文化和旅游部数据中心）公开发布的各类数据报告。

［17］北京绿维文旅控股集团有限公司 . 中国旅游投融资研究报告（2017）. 2017-06-30.

附表　国内主要旅游城市列表

序号	城市	序号	城市	序号	城市	序号	城市
1	北京	16	郑州	31	南昌	46	西宁
2	上海	17	延安	32	贵阳	47	呼和浩特
3	重庆	18	吉林	33	遵义	48	兰州
4	沈阳	19	大连	34	昆明	49	拉萨
5	西安	20	哈尔滨	35	南宁	50	银川
6	广州	21	长春	36	桂林	51	北海
7	天津	22	济南	37	厦门	52	烟台
8	苏州	23	青岛	38	福州	53	延边
9	洛阳	24	合肥	39	深圳	54	九江
10	南京	25	黄山	40	珠海	55	大同
11	成都	26	广安	41	太原	56	温州
12	杭州	27	长沙	42	宁波	57	汕头
13	石家庄	28	张家界	43	无锡	58	湘潭
14	承德	29	海口	44	武汉	59	赣州
15	秦皇岛	30	三亚	45	乌鲁木齐	60	丽江

项目策划： 孙妍峰
责任编辑： 孙妍峰
责任印制： 谢　雨
封面设计： 中文天地

图书在版编目（CIP）数据

中国旅游业创新和IP发展年度报告. 2019 / 中国旅游研究院，驴妈妈旅游网编著. -- 北京 : 中国旅游出版社，2019.12

ISBN 978-7-5032-6450-4

Ⅰ. ①中… Ⅱ. ①中… ②驴… Ⅲ. ①旅游业发展－研究报告－中国－2019 Ⅳ. ①F592.3

中国版本图书馆CIP数据核字(2020)第025913号

书　　名： 中国旅游业创新和 IP 发展年度报告（2019）

作　　者： 中国旅游研究院　驴妈妈旅游网　编著
出版发行： 中国旅游出版社
（北京建国门内大街甲 9 号　邮编：100005）
http://www.cttp.net.cn　E-mail:cttp@mct.gov.cn
营销中心电话：010-57377108，010-85166536
排　　版： 北京旅教文化传播有限公司
经　　销： 全国各地新华书店
印　　刷： 北京工商事务印刷有限公司
版　　次： 2019 年 12 月第 1 版　2019 年 12 第 1 次印刷
开　　本： 720 毫米 ×970 毫米　1/16
印　　张： 7
字　　数： 57 千
定　　价： 49.80 元
I S B N　978-7-5032-6450-4
